哪只眼睛看见我是你弟

阿白白◎著

南海出版公司

2005·海口

图书在版编目（CIP）数据

哪只眼睛看见我是你弟/阿白白著.—海口：南海出版公司，
2005.10
（饕餮 80 后）
ISBN 7-5442-3216-6

Ⅰ.哪... Ⅱ.阿... Ⅲ.长篇小说—中国—当代
Ⅳ.I247.5

中国版本图书馆 CIP 数据核字（2005）第 102442 号

NA ZHI YANJING KANJIAN WO SHI NI DI
哪只眼睛看见我是你弟

著　　者	阿白白	
责任编辑	耿　旭	
插图绘制	鱼　姬	
装帧设计	思源设计	
出版发行	南海出版公司　电话：（0898）65350227	
社　　址	海口市蓝天路友利园大厦 B 座 3 楼　邮编：570203	
电子信箱	nhcbgs@0898.net	
经　　销	新华书店	
排　　版	北京百通图文公司	
印　　刷	北京通州京华印刷制版厂	
开　　本	880×1230　1/32	
印　　张	7.5	
字　　数	88 千	
版　　次	2005 年 10 月第 1 版　2005 年 10 月第 1 次印刷	
印　　数	1～8000 册	
书　　号	ISBN 7－5442－3216－6	
定　　价	19.50 元	

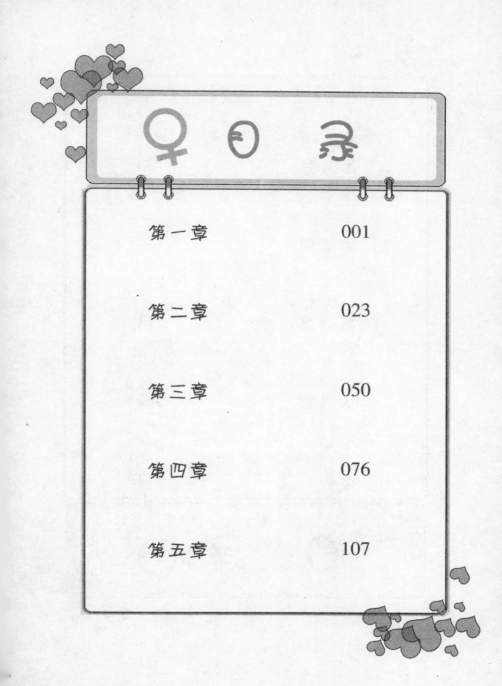

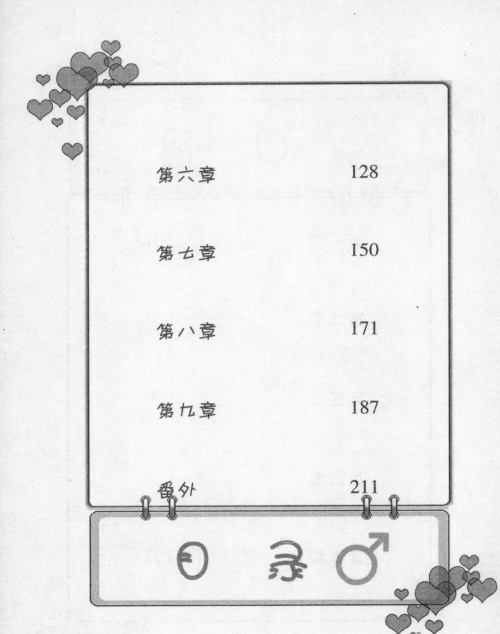

第一章

"帅哥……老娘要帅哥……"一个长卷发的女子酡红着脸,在床上边打滚边含糊地乱叫。

这个女人,就是传说中的"一杯倒"了,无论酒杯大小,一律一杯酒就倒。这么传奇的女人居然会是我的死党,我到今天还是有些想不通。她的名字叫丁灿,不过我喜欢叫她烂烂,灿灿烂烂,总是分不开的。

"这个女人又干吗了?"丁冕皱着眉头不耐烦地问,垂在额头的刘海儿让他看起来非常可爱,像个小男孩儿,

不过他确实也小，他是烂烂的亲弟弟，比我们小了三岁。

"咦？"正在给烂烂宽衣解带苦命的我停下了手里的动作，眼前的一切不是很明显吗？"她喝醉了呀。"

"我知道。"他速速接口，好像我侮辱了他的智商，"喝醉了和男人有什么关系？"

唉，就说小男生不懂老女人的伤悲。

"大一娇，大二俏，大三醉着叫。"我指了指现场版的"醉着叫"，"没听说过啊？看人家卿卿我我，被刺激了呗，这都大三了还没男人……"

流行真是个坏东西。我们高中的时候刚好流行《花季雨季》，不知道是怎么流行起来的，或许就因为里面有朦胧的初恋吧？

具体说什么的基本上都忘得差不多了，偏偏里面有句话当名言流传了下来，"二十岁之前没有初恋的人生是不完整的。痛苦地挣扎过二十岁，然后是二十一，二十二，人生不完整得非常惨烈。"

丁冕嗤笑了声，双臂环胸靠在墙壁上，"你怎么不受刺激？"

哪壶不开提哪壶。

我背着他给天花板抛了个白眼，手里加快速度非常粗鲁地把他老姐搞定，决定要好好和小弟弟谈谈。

"你干吗？"他狐疑地看着我的靠近，有了警觉。

我嘿嘿地假笑，过去哥儿俩好似的搂他的肩。嘿！太高，搂着不爽。我暗暗地咒骂了句，没事长那么高干吗？

"亲爱的冕冕……"呕……肉麻地叫唤，自己都想吐了，"这么明显还看不出吗？言情小说里一般我和你应该凑一对的，更何况你天生丽质……"我学电视里勾起食指去弄他的下巴。

"疯女人！"他脸迅速地涨红，不知道是生气还是羞涩。原因是他很快地打开我的手跑出了房间。

"哈哈哈……"

我看着他落荒而逃的背影爆笑，这个年龄段的别扭小男生最好欺负了。

　　肩膀有些酸，是刚才搂他的缘故，怎么觉得好像是一眨眼的工夫，当年的小孩儿就变成现在的电线杆了呢？

　　最初的印象似乎是一只腊肠狗，流着口水说着需要翻译的婴儿语。那时候他才三岁吧，然后就一直生活在我和烂烂的魔爪之下。

　　比如：

　　我和烂烂贪玩不小心把水倒翻在床上。

　　"快快快，把小弟抱上来。"造成尿床假象。

　　我和烂烂偷吃蛋糕过头干光光了。

　　"快快快，涂点奶油到小弟嘴上。"就说是他偷吃的。

　　……

　　基本上，我们就是靠这着儿逃过了无数次本该遭受的"严刑拷打"。

　　现在看见六岁小孩儿的时候总觉得很难想象，当年的我和烂烂怎么会是那么阴险。

那时候的光阴似乎是以乌龟爬的速度前进的，可是回想起来的时候，却只能看见短短的片段。原本自己还是祖国的花朵，一转眼，就要去对别人说他们是祖国的花朵了，噢，容易凋零的花朵啊。

男生的成长速度让人惊讶，似乎就是在一夜之间完成的，昨天还是俯视他的，今天我的眼就只能平视他的衬衫的第二颗纽扣了。

真的只能看见纽扣，这个小鬼是惜肉如命的，即便是夏天也将校服扣扣得紧紧，真不懂得造福社会。

我和烂烂当然不会被他虚长的身体所吓退，继续无止境地压迫他。

家有一弟，如有一菲佣，特别是和烂烂看小说看得昏天黑地的时候，零食和饮料都不会出现短缺，这就要归功于烂烂的妈妈。

我的敏阿姨无视计划生育生下了丁冕这个小鬼，虽然

每次他都是板着脸表示无声的抗议，却从来没有罢工示威过。

唯一对我们生气的那次，是三年前我们发现他床上有不明痕迹，便兴致勃勃地刨根问底追着他拷问，到底是梦见了哪个女生。他黑着脸把我和烂烂一起推出了门外，摔上门之前还狠狠地瞪了我一眼。

拜托，虽然痕迹是我发现的，但是是烂烂研究出究竟是什么东西的呀，干吗只瞪我！这一眼让我有些气闷，他还是对烂烂好一些，白一把屎一把尿地把他拉扯大了……

小小挫折马上就被我抛到了脑后。因为烂烂马上偷出了敏阿姨珍藏的酒，要和我把酒言欢，庆祝小弟终于成人。

也就是那天我发现了烂烂的"一杯倒"本质。

总体来说，我和烂烂对他还是满意的，唯一的遗憾就是小鬼不可爱，个性有点阴沉，这个遗憾让我和烂烂看《蔷薇之恋》时对小葵流了一桶口水，流完口水就流泪

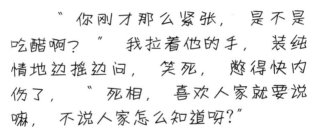

　　"你刚才那么紧张，是不是吃醋啊？"我拉着他的手，装纯情地边摇边问，笑死，憋得快内伤了，"死相，喜欢人家就要说嘛，不说人家怎么知道呀？"

　　"神经。"他打开我的手，脸上却已爬上可疑的红潮。

　　我追回，继续，"既然我们两情相悦……"

　　"懒得理你。"他受不了了。

水，执手相看泪眼啊！我们家小冕咋没那么可爱呢？

唉……摇摇头，咋就那么大了呢，依稀记得好像还可以用不许生第二胎的政策恐吓他的，咋就一不留神，就恐吓不了了呢？

我感叹了一番，回过身看见烂烂在床上四仰八叉的睡姿，苦笑着摇摇头，看来今晚是不可能睡在这儿了。

推了门出去就看见仰在沙发上看电视的某人，向来穿惯蓝白色调的他今天竟穿了件红色的 T 恤，居然还显出些富贵气。

听见了门的声响，他偏过头来，桃花眼笑闪，语带调侃："韩尽欢，你又调戏小弟了？"嘲笑我的时候他总喜欢念我的全名。

于意须，他的名字。

人生得意须尽欢，一听就知道我们俩的父母都是白白哥的 FANS，不过我比他幸运，欢欢虽然老土，怎么也比嘘嘘来得雅观。

大一的时候，第一次点名，两个人都愣了愣，起这样的名字并不奇怪，能凑在一起倒是蛮难得的，后来居然发现生日也是同一天，直接晕倒。

"哪个小弟？"我坐到他身边无辜地问，意有所指的目光提醒他，他也算我的小弟，虽然只比我小了一个小时。

他笑笑，举起双手夹住我的脑袋，扳向阳台方向，让我看那个孤零零在吹风的背影，"小弟明天就要回去了，你还不放过他？"

小弟小弟，他倒是叫得蛮顺的嘛，他才认识小冕两天而已呀！

两天前小冕出现在我们面前时，我和烂烂都吓了一跳，打电话回去才知道并不是出走少年的故事，纯粹是小鬼觉得闷了出来晃晃。

啧啧，晃晃，说得多轻松，有几个高三小孩子可以在学期中途随便出来晃的？也只有小冕这样次次都稳坐年级排行榜第一宝座的了，这小子成绩好得让人想扁他。

寝室是没法睡了，幸好意须和其他几个班上男生一起在外面租了个大套间，就把小冕塞过去睡了。

"今天是不是回不去了？"他放开手，向后退了退。

我搓搓有些发红的脸，搓掉脸上残余的他的手温，奇怪，都那么熟了，他碰我，心还是会提起来。

抬头看看墙上的钟，夜里十一点，哈，刚好是寝室关门时间，果然是回不去了。

其实也是可以敲门进去的，但是住过女生宿舍的人都知道看门阿姨是有些剽悍的，有猎犬的眼睛，后娘的脾气，大部分有厚厚的镜片和怀疑的眼神，似乎晚归的女生都属于出去没做正经事儿的那种，从这样的眼神下走一趟，绝对会脱掉一层皮的。

"有地方睡吗？"床位好像蛮成问题的。意须的床被烂烂占了，何问的床位是小冕的，玻璃的床位也被今天和烂烂一样喝趴下的男生挤满了。忽然觉得好困哦。

"一起打地铺。"他看都没看，指了指后面堆放的草席。初秋打地铺是家常便饭，特别是在这样一个逍遥窝，经常有成群的男生跑来通宵看球赛。

我点了点头，也只能这样了。唔，好困，我要先趴下了。

好硬的地板。

"枕头，我要枕头！"我揉着眼拍着地板表示抗议。

我的样子似乎逗乐了意须，他轻笑了声，关了电视，从沙发背上直接帅气地跳了过来，踢掉鞋子，随意地躺在我旁边，只手撑着臻首，噙着笑，咖啡色的桃花眼斜睨，修长的手指点了点厚实的肩，"借你靠。"

看他似笑非笑的样子就知道又在耍我玩。这个时候扭捏就要被笑话死了，谁怕谁啊，你不信我敢靠，我还不信你敢让靠呢。

我挑衅地看了他一眼，身子挪了挪，就将脑袋靠了过去，留了力的，落空的时候就可以马上移开，然后大声地嘲笑他。

没有落空，居然没有落空。

我的头落在温温实实的肩膀上，不硬，更不软，结实的蕴涵着内敛的力道，有些不知所措，我们向来都是心理无隙，身体却没有这样接近过。现在马上离开更是个愚蠢的主意，第一，我不想被他笑；第二，气氛恐怕会更加尴尬。

我屏着呼吸靠在他的肩上，不知道该如何是好，只能等他来解除这个魔咒。

他却也迟迟没有动静。热热的气息呼在我的头顶，我可以听见他很清晰的心跳。不过节奏好像怪怪的……

到底是哪里怪呢，正待细听。

"韩尽欢！"

有股外力迅猛地拉我起身。

脱离方才的窘困有些轻松。方才堵得满满的心霎时空空，这样的感觉，是轻松没错吧？

那股外力继续拉着我离开厅室，穿过隔开何问和玻璃房间的帘布，直冲何问的床铺旁，按我坐下。

"韩尽欢！"

好，好，我投降，举手过耳，我知道我的名字很好听，也没必要这样一直叫吧？人生得意须尽欢，哈哈，我不是，我是得不得意都尽欢。呃，好像扯远了。目前要先搞清楚这个外力到底是怎么了。

丁冕就站在床前，指责地看着我，好像我罪不可赦，可是他依然有些青涩的轮廓作出这样威严的动作实在给不了人多少压迫感。

"韩……"

"小弟。现在的高三学生只会念别人名字吗？读书读呆了？"我忙打断他的话，避免他的嘴里再吐出那三个字，我并不需要别人提醒我叫什么名字。

"现在的大三学生都不知道男女有别吗？"

呀，会反击了耶，看来是脑子清醒了。

"江湖儿女，不拘小节。"我豪迈地摆摆手。对自己的气势非常满意，可惜没有录像，不然该是非常帅的吧。

"江你个大头。"他被我逗笑，敲了敲我的头，"你睡床，我睡沙发。"

有床睡是不错啦……可是，我揉揉被他敲的地方，还是觉得不爽，一定要敲回来，"丁冕同学，长辈的头是你可以乱敲的吗?"

他轻松地制住我报复的手，瞄瞄我的身高，讥笑："哪里长了?"

"年龄!"多他三年的米可不是白吃的。

"我向来用智商评论长幼。"他嗤了声。

啊!疯掉，居然侮辱我的智商!我高仰下巴定定地看他，准备给他来个狠的。

"干吗?"他被我脸上泛起的笑意吓到，明显有阴谋的样子。

"冕。"我柔柔地叫。

"干……吗……"他越来越警惕，声音有些抖，似乎明白眼前的一切是不正常的。

我的笑都快溢出来了，光看他害怕的样子，方才的挫败就已经赚回了。不过做人要有职业道德，挖坑要填满，演戏演全套。

"你刚才那么紧张，是不是吃醋啊？"我拉着他的手，装纯情地边摇边问，笑死，憋得快内伤了，"死相，喜欢人家就要说嘛，不说人家怎么知道呀？"

"神经。"他打开我的手，脸上却已爬上可疑的红潮。

我追回，继续，"既然我们两情相悦……"

"懒得理你。"他受不了了。

我再也忍不住地笑出声，这个年龄的小男生就是纯情，不会开玩笑，要是我们班那票狼男，哪有这么好欺负。

目送他夺帘而出的身影，才发现帘旁的墙上斜斜倚了条身影。

于意须高深莫测地看着我。

我询问地挑起眉。

他亦挑了挑眉。

没有再说什么的，站正，双手插袋，走人。

命运的罗盘，总在不为人知的那一刻，开始运转。

第二天是我一个人送小冕去车站的。

烂烂还在床上起不来，只有可怜的我惺忪着双眼来送君千里了。

"上课要认真听讲哦，要乖乖听阿姨的话哦，吃饭不可以剩下，便便完要洗手……"我扳着手指一样一样地交代，说实话，能教导人的感觉真不错。

"好了。"他有些不耐烦地打断我，"你真当你是我姐啊！"

喂，我倏地瞪大双瞳，说这样的话，太伤感情了吧？

我可是把他当亲弟弟的。我气鼓鼓低下头拒绝和他说话，死小孩儿，坏小孩儿，没良心的东西。

开始检票了，小冕背起他的黑色包包，摸了摸我的头："我走了，乖。"

什么跟什么啊，我居然从他的语气里听到溺爱，这个家伙疯了，我是他老姐不是他宠物哎！

惊讶地抬头，看见他未褪尽青涩的俊美脸庞上，略长的刘海儿下掩着的眸子里竟然有些柔情。呆了，真的呆了。

他检票，回身，挥手，然后消失。

那之后许久，我才意识到自己维持了很长一段时间张大嘴巴的痴呆动作。

那种感觉很微妙，仿佛是一个自己可以捏圆搓扁的小面人忽然和你一样高，甚至高过你，再过些时间就可以轻松地压制你。惊讶期待恐慌，种种感受在一起熬成了一锅面糊，黏稠得让你无法思考，甚至开始怀疑以前稳操胜券的种种是否是幻觉。

这样黏稠的心情一直延续到上午的后两节课。

于意须首先注意到我的反常："这么安静?"

"啊?"我半晌才反应过来他是在对我说，掩饰地举了举手里的作业，"忙着哩。"

很奇怪的现象，我们班即便是在这样的阶梯大教室上课，也是大部分坐成一片的，中间偏后的位置，靠窗边，久而久之就成了我们的专座，其他班也不会有人插进来。

呼，终于搞定，我甩甩有些发麻的手，这个老师布置起作业真够老辣的。无聊地看了看窗外，真的不是好天气。早上起来天还有些泛白，才到了中午，又阴霾得化不开了，有种浓雾重重压在心头的感觉。

坐在右手边的何问有气无力地趴在桌上："我郁闷。"

这是正常的，我点了点头，一本正经地告诉他："我小学时候看过书，天气和情绪有关，所以雨天离婚率特别

高。"

没想到这么一句，何问居然来了精神，一下坐直了身子："这就让我不禁要怀疑你小学看的都是什么书了。"

"《金瓶梅》。"我满不在乎地回答。和这票人混多了就明白个真理，不要钱的怕不要命的，不要命的怕不要脸的，不要脸的呢，哈哈，怕更不要脸的。

一圈的人都笑了。

"后面的不要说话，要我说几次！"声音从讲台上传来。

"真烦，烦得跟娘们儿似的。"何问低下头低咒了声，又引起一阵低笑。

讲台上的讲课声戛然而止。

我们几排也迅速闭嘴，一个个都低下头翻书，很忙的样子，然后从唇缝里挤出话语："上面的在看哪儿？"

我壮起胆看了眼讲台，哦哦，没有想象中的怒目相对，他的视线投了另一个方向，大喜，顺道安慰周边兄弟:"没事,没事,看的不是我们。"

下课铃声急促地响起。什么年代了还用这么老土的铃,听了让人烦躁。警报解除,老师挟起讲义走出教室,我们继续我们的聊天。

何问不知道什么原因,忽然问我:"欢姐,你毕业了做什么啊。"

他们都喜欢叫我姐,因为大一的时候我骗他们我大他们两岁,叫习惯之后发现被骗但已经改不了了。我喜欢充大,诡异的爱好。

做什么?说实话,从来没有考虑过,蛮迷茫的前途,往前看只觉得一片白茫茫,所以就干脆不看了。倒是曾经希望开个书吧,不过只是想想,家里也不大可能同意。

我捅了捅意须:"毕业去你宁波开店如何?"

"开什么?"他咖啡色的晶亮眸子睨了过来,"宠物店？"眼里漾满的盈盈笑意摆明了取笑我神似某只商品。

"是啊，宠物店。"我仰起下巴很不屑地白了回去，本姑娘闯荡江湖多年从来没输过嘴仗，"先卖了你这只旺财，然后卖那只小强，顺便把这只拉不拉多也推销出去……"我点兵点将把一圈的种类都划了出来。

一时间，旁边的人都炸了起来。

"为什么为什么！为什么我是拉不拉多!"何问很有学术精神的要求深究。

"居然想要我们去卖，欢姐你这是逼良为娼!"

"为什么为什么！为什么我是拉不拉多!"依然是何问那打破砂锅的追问。

"煮狗燃狗毛……"哀怨的相煎何太急啊，玻璃装出无辜哀怨的眼神指控地看我。

"为什么为什么！为什么我是拉不拉多!"何问发出了呐喊。

"一只狗，"深沉的人来解释了，"它拉不拉多，最终取决于它吃得多不多……"

哈哈哈哈，我受不了了，这群长不大的家伙，我趴在桌上笑得全身都抖起来。

基本上我们的日常生活就是在笑闹中度过的了。我们是统招里的异类，走读生。班上男生虽然个个活宝，外号也取得乱七八糟，什么玻璃猴子包子淫棍的，长得倒是人五人六的。

总有外班的女生感叹我们走读的男生都蛮高蛮帅的。

哦，其实是胜在气质而已，我们班男生并不是非常帅，会穿衣而已，我总是这样谦虚一下，心里却笑个不止。其实也还好啦，不过比起四个走读班级中的信息三班，就差多了，那才是美男大集合。

我到现在都还记得大一第一次和信息三班一起去工厂

实习被他们班齐刷刷走出的帅哥震得流口水，哦，不过不

可以和我们班男生说，不然一定被扁死。

男生，都是臭美到极点的动物。

第二章

别班的人早已出来活动活动筋骨，我们一票人还是留在原地不动，继续研究挂牌营业的问题。

一颗脑袋在后门探了探。

我脸上的笑容加深，烂烂这个白痴，又跑来我们班了。

其他人也注意到了，笑逐颜开，齐刷刷地喊了声："皇上。"

抽筋的封号，也只有烂烂想得出来。烂烂是烟花一样

的女子，很奇怪的，她开口闭口都是老娘，可就是无损她的气质，反而是小女孩儿一样的可爱。

在那个街上清一色离子烫的年代，她就摒弃了不拉而直的秀发，烫成了千娇百媚的波浪。虽然烂烂是因我而认识这一干恶狼，可她的地位和影响力是我们班任何一个女生都可望而不可即的，包括我在内。

不过烂烂外表成熟，反应却超迟钝，什么明示暗示统统接收不到，一个玩心大起，就收了全班的男同胞当后宫，煞有介事地自称皇上。还给几个特别熟的来个册封。

何问是御医，专门负责咔嚓的手术。

玻璃是东北人，粗犷豪迈型，将军是也。

此外还有御前侍卫，谐浴前四喂，就是皇上洗澡前要买四样东西给她吃。

爱妃。关于这个，烂烂的解释是，爱劳动的菲佣。

至于意须，呵呵，看看现在意须左手旁的人见到意须马上让出位置，就该知道了，意须是皇后。

"皇上，您老还没驾崩啊？"玻璃眨眨眼。

"啊……爱卿挂心了，朕龙体安康。"烂烂口齿伶俐，开朗得让女人都要爱上她。开朗和随和是烂烂的武器，无往不胜的。

"酒醒了？"意须客气温和的声音，清醇如薄酒，让人有微微眩晕的感觉。他对烂烂向来温柔得不行，对我就是敷衍加打击，踹死他，这个重色轻友的家伙。

谈话的重心已然转移到了烂烂那边。我不再说话，趴在桌上看窗外阴沉的天。我喜欢热闹，但不在乎核心是否在我，因为谈话和耍宝也需要精力，累，只要身边充满欢笑我就觉得快乐了。

若干狼人发现自己毫无希望的时候开始撮合意须和烂烂。意须从来没和我说过他喜欢烂烂，大概是不好意思吧。如果可以成功也是好事，两个都是对我很重要的人，烂烂"不完整的人生"也终于可以弥补一下。

可惜我知道，希望并不大。烂烂心里是有标本的。一

个遥不可及的杂志人物，据说是电脑反黑专家，杂志上只登了个侧面就把烂烂迷得死去活来，因为她属于电脑白痴。平展楚，好像是这个名字，不过烂烂嫌他中文名不好听，一直都只愿意叫他"老娘的爱人"。

我任由自己天马行空地乱想，背景是嘈杂的闲侃声。咦，不对，怎么好像没有意须的声音。

我收回视线，扭头向左，想看看他在忙什么，却不经意碰上他若有所思的目光。迎上我的眸子时，他没有移开，还是直直地盯着我，眼里有太多复杂的东西，挣扎？犹豫？痛苦？我分不出来，人这种动物太复杂了，我只知道，他好像有些不对劲，很不对劲，非常，非常，不对劲。

只有恋爱的人才会不对劲。这是我的想法。

当天晚上就被证实了。

午夜，我坐在上铺昏天暗地玩游戏，寝室的其他美女们早就去周公家喝茶聊八卦了。电脑的屏幕忽然出现波纹，我紧忙抓起手机，果然，有短消息。

意须："恋上一个人。"简简单单的五个字。而我居然可以感觉到他的心痛，那种万针扎心的感觉，一针一针地细绵长远。

"我认识?"还是该确认一下，他说的和我想的是不是同一个人。

"很熟。"

果然是烂烂了。

"我帮你。"我很义气地回他。

"怎么帮?"他回。呵呵，和他真的是太熟了，我居然可以知道他肯定在苦笑，而我，亦然。

"算了，我只是想找个人说说罢了。晚安。"紧接着又一条。

逞强的家伙。他的痛就是我的痛，心里此刻的悸痛该是为了他的痛苦吧，我没细想就把自己的伤痛草草归类。

他是我最好的兄弟，所以我要帮他。就是这样吧……

后来一段时间几乎每天都可以收到意须带些沉郁的短信，当然，也有不沉郁的。比如现在。

"出来，请你吃饭。"

"好的，我去叫烂烂。"我回他，男女方面，他倒是腼腆，每次都是我主动替他叫上心上人。

可是这次不大顺利。

"啊啊啊，不行啊，老娘今天晚上有课，再逃的话老头儿会让我不及格。"

活该，让她每次跑来我们班上课。

出了寝室只有对在外守候的意须摊摊手，不成功，没办法："要么下次再去吃饭？"

"走吧。"他卷了卷浅蓝色衬衫的袖子，一副若无其事的样子。

少装，我跟在他后面扮鬼脸，还一派不在意呢，难道这段时间天天半夜诉苦的那个是鬼？真是怀疑他有双重性格。

快走几步追上他，与他并肩，埋怨："拜托，您老腿比我长，照顾下我好不好。"这样走路很累的啊。

他浅笑，步子倒是缓下了。

经过水泥球场的时候，我走得更拖拉了，眼睛一直盯着球场不放，前面的路是根本不看的。向来超爱看男生打篮球，打得帅的简直就直接封为偶像。青春啊，没有篮球怎么行。

一只手遮上我的眼，由于在行走中，也太过用力，我的头失去平衡地后仰，碰上手主人的胸膛。

"搞什么！"我恶狠狠地抓下意须的手，妨碍我看帅哥，杀。

"救人而已，那些人都快被你的眼睛电完了吧。"意须扶我立直，戏谑。

切，讽刺我花痴，又没花到你头上，真是的。

"你怎么不打篮球？白长那么高了。"这个家伙不仅不运动，连每年的体育考试都是花钱请人代考的。

　　他嘴角的笑意没有消失："没办法，我是清爽型帅哥，不是汗水型的。"

　　"可是汗水型比较性感啊。"我指指球场上的半裸男。

　　被我伤自尊了？他的脚步忽然又快了，我追得好累。

　　为什么我们会在公共汽车上呢？

　　"这个这个？"我指指自己坐的地方。

　　他点点头："我知道。"

　　"那个那个？"我指指越来越远的学校。

　　他还是点头："我知道。"

　　原来他都知道，那就不用担心是他一个不留神上的公共汽车了。

　　"我以为我们是在学校附近吃饭。"为什么要上公共汽车呢，附近好吃的东西很多啊。

　　"去吃哈根达斯好不好？"他终于又笑了，从刚才伤他自尊开始他都没笑过。

　　他知不知道自己抱的是谁吻的是谁？　疑问在脑里一闪即过。

　　贪恋醉酒般的酩酊感，　毫无抗拒地让他为所欲为。

　　管他想的是谁，　这一刻我吻的是他没错就可以了。

　　许久，　他终于停止了动作。亮闪闪的眼睛看着我，　"生日快乐。"

哈根达斯？好哎，果然够哥儿们。我安心地坐在座位上，原来他早就计划好了。

公共汽车某站停下的时候，外面的广告牌上正是哈根达斯的宣传语——爱她，就请她吃哈根达斯。

心里一醒。对哦，他本来是要请烂烂的，现在这样，他也是不大开心的吧，难怪刚才一直都怪怪的。

"还是不要去了吧。"我的头皮有些发麻，他不好意思开口说不去，那还是我来吧，虽然蛮舍不得的，因为从来没人请我去过，都没人爱我……

"为什么?"他语气很平静，却有山雨欲来的味道。

呃，他脸皮薄，还是不要说是因为替他考虑了。

"哎呀，哈根达斯第一次要留给喜欢的人啦。"我捧着脸做了一副人家好害羞的样子。

可是我这么辛苦地耍宝也没有让他开心。

他闭上了眼，深吸了口气，好像在压抑什么。

还是让他想起了烂烂没有来而伤心吗？他真的是爱惨

了烂烂对吗？我心里哀叹，同他述苦感觉到自己的心在抽紧。

他睁开眼，看着我，一字一句从他唇齿间迸出："你，确，定？"

这么伤心了还会顾虑到我，善良的意须。我挤出笑容点点头，让他不必太为我考虑。

他别开眼，重重地吐出口，拉我起身，他的手抓得很重，痛。

一直等在公共汽车后门，车一停下，他就拉着我跳了下去，然后放开我的手，往回走。

"喂。"我叫他，不会是要走回去吧？好几站呢。

他没停下。

"喂！"我有些气急败坏，就算你伤心也没必要冲我发神经吧。

他还是继续前行，风鼓起他蓝色衬衫的衣角，青丝飞起，决绝的，一步一步，越来越远。

算了。我的目光有些发寒，赌气地与他背向而行。第一次，三年来第一次不和，因为烂烂，苦笑，朋友果然没有爱人来得重要是吗？

这个时候才发现原来我也是任性的，虽然在标榜为人着想，却还是没有拉下面子去与他和好。

而时光，居然就在这样的冷战里，悄悄地爬到了期末。

我班那些"狼"大多是最后几天疯狂临时抱佛脚的。一个学期的书要在一个星期内啃完，完全消化当然不大可能，只有死记公式和代入了。

八点考试，为了占个好座位，不到七点半我就跑到教室。天！教室后面的座位都被占满了，呜……

退而求其次，坐到了窗户边上的位置。

"嘿，干吗呢？"我捅捅右边的男生。

"吸星大法。"

"嗯?"

"把这些公式吸到我的脑子里，增加内力，哈哈哈……"

"切！"我一个酷酷地仰头，余光却不经意撞到教室另一边。

意须沉郁的眼神。

笑容凝结，我淡漠地收敛余光，完全反射性地完成这个动作，眼角的余光看见他皱了皱眉，正走过来。

监考老师却在这个时候跑进了教室，"大家坐好坐好，排一下位置。"

他悻悻地走回了座位。

可能因为我的大学不够规模？考试总是出奇地简单。才一个小时我就在很闲地东张西望了，看别人埋头苦干的样子还是蛮有成就感的。视线故意避开某个角落，小心翼翼地。

如此这般地避过几次，觉出自己的无聊了。

算了。交考卷吧。反正坐着也是无聊，坐久了还可能得痔疮。

抓起考卷起身，椅子滑过地面发出尖锐的声音。

教室的另一端回音般传来相同的响声。

谁的速度可以和我拼？惊奇地看向出声处，那个我小心翼翼避了半天的角落。意须正离开座位向讲台走去。

居然是他。忽然有些后悔自己的草率起身了，现在坐也不是，站也不是的。监考老师们看我的视线已经浮现怀疑，没办法，硬着头皮到讲台交了考卷。

出了门却没有看见那个早我一步的人，松口气感到隐隐失落，其实，我何尝不希望冷战结束呢……

垂着头慢慢地下楼，慢慢地走出教学楼。

"乌龟也没你爬得慢。"熟悉的清醇语音，熟悉的气得人牙痒痒的腔调。

我惊喜地抬起头，看见意须钩了抹坏坏的笑候在前方。

"于意须你这头猪！"我作势要过去打他，多日来的隔阂居然就在两句话间消失得不见踪影。

"好啦好啦。够给小姐你面子了。看见你交卷我还没考完就跑出来了。"

"活该。"嘴里这样说，心里却开始为他担心，会不会不及格，学校挺黑心的，重修费超贵的。

"说正经的，什么时候回去？"

"明天啊。"家里每次都是马上就有车来接，我妈超级担心我在外惹是生非的。

"你家果然了解你超级弱智，在外很难生存。"

"又笑我，踩你。"不过我确实也够傻的，宁可被他这样取笑也不想再和他冷战。

"回去反正是过猪一样的生活，要记得多想我。"

他的重点肯定是前半句，哼，我白他一眼，"想啊想啊，当然想啊，每天想你三千次，不过从三千开始，哈哈。"

他揉乱我的头发，眼神又片刻掠过，是我所不明白的东西："尽欢，你什么时候才会长大？"

我已经长大了好不好！

"我比你大哎，小弟！"我加重后两字的分量，提醒他我比他大的事实。

他扯开笑容又揉了揉我的头发，叹了口气，反常地没再反驳什么。

第二天，家里的车果然准时出现，四个小时的车程，一路吐得七荤八素，算是拉开了寒假的序幕。

大学的寒假是很爽的，没有什么作业，又没什么要操劳的，这些我再清楚不过了，因为我正在享受这一切。

可是！

为什么一个高三的学生可以那么空闲地和我坐在同一张牌桌上？

而且，为什么每次我的清一色之类的都折在他手上？

啊啊啊，我受不了了。

"我高三的这个时候可一直在刻苦——红中。"言下之意是某人不务正业。

"碰。"他吹开过长的刘海儿，甩出废牌，"那是智商问题。"

又吃鳖，最近王八的产量好像过大了一些。我郁闷地把玩着一块牌。摆在桌角的手机又发羊角风地震了起来，我忙随意按个键，制止它抽风。

抓牌，"九条。"然后安心看短信。

哦哦，意须哦，终于想到我这个兄弟了吗？

"帮我祝她新年快乐，永远快乐。"

蓝色的屏幕上，黑色的字，字字铭心。

心情忽然跌到了谷底。麻将牌落在桌上发出沉重的响声，已经像是拍在我心上一般了。

"哪个她？"我明知故问地打。

发出短消息的时候才后悔莫及。因为我突然明白，若他发过来"丁灿"两个字的话我会有多么地心痛。

"到你了。"烂烂推了推我的手。

"啊？哦。"我如梦初醒地摸了牌看都没看就打出了，心思全都在目前平静无波的手机上。

"怎么了啊小欢？"敏阿姨关切地问。

"没什么。"我有些虚弱地笑笑，一转头便接到了丁冕探视的眼神，看穿一切般地透视着我。

手机又震动了。

丁冕眼明手快地夺了过去，就要翻阅。

"喂！"我警告地发声，气急败坏。

他悻悻看了我一眼，觉出我的认真，终于没有翻下去，而是按了红键直接关机了，"做事有点专业精神，打牌的时候不要乱走神好不好。"

心里百味翻腾，现在的我如何拿出专业精神？

好不容易撑下了这把，我欠了欠身，"敏阿姨，我身体不舒服先回去了。"而后伸出手向小冕要回手机。他的

表情不甘不愿。

"要不让小冕送送你?"

"不用了,反正那么近。"我推辞,逃似的离开了烂烂的家。

走在深夜小镇清冷的街上,开机看了短信,两行清泪不听使唤地爬上我的脸。

有人跑到我的身边,停了下来。

我手忙脚乱地擦掉眼泪,笑:"不是说过不用送了吗?"

他沉沉地看了我一眼,什么都没有说,先迈开步子走了去。

我尾随着,一路到家,都没有交谈,在这段短暂又漫长的路上,小冕,一路陪我走过。

到了门口,他还是没有开口,就转身回去。

我讷讷地不知该如何,只有看着他走,然后开门,上楼,将手机扔在离床最远的桌上,睡觉。

打开的手机屏幕明明白白的写着三个字：我的爱。

那个她是他的爱，那么我呢？

那个晚上我才清楚地明白，我已经无可救药地喜欢上了意须。

假期很快就过去了。农历年也不像小时候那样吸引人。新衣裳，好多的小吃，气球，炮仗，都失去了原先神秘的吸引力。

我想，我也终于算是长大了吧。

我学会了喜欢人。也同时学会了，喜欢一个人，就要为他的幸福而努力。

所以，我前所未有地盼望烂烂能够接受意须。整个年间都一直不停地说着他的好处，努力的结果并不理想，烂烂丝毫没有感动，我自己却越发喜欢他了。

二月十三日那天赶回了学校。离开学还有七八天，因为意须说想一起过生日。

没错，二月十四日，这个特殊的日子，就是我与他共同的生日了。

向来不喜欢这些洋派的节日。因为我单身。这样的日子在大学城周围只会看见对对的情侣，所有的气氛都似乎在提醒着单身的人，这是个恋爱的季节，孤独的人是可耻的。

和他一起过生日哎，好像是和他一起过情人节一般的感觉哦。我的脸有些发热，为了自己的胡思乱想。

事实上，那天到场的人很多。似乎大家都在家待不住了。于是就在男生宿舍那边开了个小聚会。

很热闹的氛围，划拳，猜谜，游戏，用筷子开啤酒，喷得满墙都是。

我和意须收到了相同的 ZIPPO 打火机作为礼物。呵呵，就是说他们没把我当女生。

意须也喝得脸微红，衬着他白色的高领毛衣，很好看。

我傻傻地看他，不经意他也看了过来，视线交撞的时候他示意我跟他出去。

什么事呢？我形式化地猜测了一下，没多想就走了出去。大家都喝得有点多了，并没有人注意到我们离开。

我们在冷清的操场上散步。

月光如洗。

走到司令台的时候，他递给我一个小盒子。

"是什么呀？"我好奇。

"自己看。"

我打开，惊呼："好漂亮！"

猫眼戒指，中间的深色居然像水瓶的形状，很特别哦。

戴戴看，咦，中指带不进。

我苦着脸："好像太小哦。"糟蹋啊糟蹋。

"你又不是只有一根手指。"

可是，无名指的戒指，是有特殊含义的呀。

我没有说出口，只默默地将戒指往无名指套，不松不紧，心里甜甜的，好像又偷来了一些原本不属于自己的幸福。

"拿来。"他摊开手。

天，我居然忘了我也应该送他礼物的。我尴尬："这个……明天，补，好不好？"

"明天好像不是我生日。"

"那……"怎么办呀，现在店基本都关了。

"要么你亲我一下好了。"他很顺口地提议，倘若说的是类似今天月亮不错之类的话。

"亲、亲、亲、亲你？"我结巴，我紧张。

"只是脸而已。"

"脸而已啊……"我的声音里居然透着点失望，天啊，色女色女。

只是脸而已哦，韩尽欢，就当是送自己的生日礼物好了，可以吻你喜欢的人哎。我说服自己。

"要不要？"他平缓的口气，听不出心情。

那就亲吧。

我鼓起勇气，扶着他的两肩，踮起脚尖，越靠近越心跳如雷，快碰到他的时候，我垂下了眼睑，偏头吻向他的脸颊。

温热的感觉，带点湿润。

不对，好像不是脸。

不及我睁开眼确认，他摆在我腰间的手一收，我就与他零距离接触了，而由他那儿传到我唇上的温热气息已经夺去了我所有的思维。

原来，是他的唇……

天啊，这样是不对的。理智忽然恢复，我挣扎着离开。

他扶住我身体的手上移，捧住了我的脸。以他的唇细细地摩挲我的唇，潮湿温暖又柔软的感觉。

似乎有羽毛刷上我的背脊，整个人一颤，然后软了下

来。

他的手下滑，移到我的颈，指腹温柔地来回抚摩。

他知不知道自己抱的是谁吻的是谁？疑问在脑里一闪即过。

贪恋醉酒般的酩酊感，毫无抗拒地让他为所欲为。

管他想的是谁，这一刻我吻的是他没错就可以了。

许久，他终于停止了动作。亮闪闪的眼睛看着我："生日快乐。"

那晚我直到凌晨才睡着。因为满心满脑都是他和他的吻。我仿佛看见了天堂的模样，在梦里。

早上吵醒我的，却是来自地狱的信息。

是烂烂的电话唤醒我的，无论是物质还是思想。

"小欢，"她吞吞吐吐，"昨天意须表白了。"

我像被一盆冷水泼过，霎时清醒："怎么说？"回话的同时，我取下手上的戒指，偷来的幸福，果然不能长久。

我假哭，"我好可怜啊，都没人照顾我……"

　　还没有声情并茂淋漓尽致地哭诉完，双手就被人抓住了，更正，是被两个不同的人抓住了。

　　小冕回过身抓住我的左手，意须很自然地就牵我的右手，我怔住，他们亦然。

"我接起电话就听他说我一直爱你，我吓坏了，骂了句神经病就挂了。小欢，你去看看他要不要紧。"

我听见了自己的心剥落一地的声音，清清脆脆的。

"好的。"我平静地挂掉了电话，出乎我自己意料的平静。

我伤心，没错，可是也明白，这时候意须也是伤心的，作为兄弟，该去安慰他吧。

草草洗了脸，就骑上自行车奔向他外面租的小屋。

"欢?"他开的门，看见我脸上居然有惊喜。

我没说多余的话劈头就问："表白失败了?"

他一脸搞不清楚我说什么的样子。

"烂烂。"这个时候了，他还跟我装。

"哦。"他的眼神从我脸上落到我的手上，眼睑半垂，情绪忽然沉了下来，抬头，用一种失望绝顶的眼神看着我，"确实失败。"

忽然很想哭，为他哭，为他的痛而痛，自己的，反而

不是那么重要了。

"你……不要紧吧。"我斟酌着自己的措辞。

他苦笑。

"以后……"

"顺其自然吧。"他痛下决心，"进来吧，在门口说好像什么似的。"

进门坐下后，他递了果汁给我，自己又喝起了酒。

"喂，伤身啊。"空腹喝酒最伤身了，他怎么可以这样虐待自己。

"你会在乎吗?"他讥讽的口气。

失恋的人会像发疯的刺猬一样乱伤人。我这样告诉自己，让自己不要和他计较。可是我也好想哭啊，我也是失恋的那个啊。

"不说这个了。"他放下了酒，努力地振奋自己的情绪，"你毕业准备去哪儿?"

"跟你去宁波啊!"不假思索的，这个话题和他说过许多次了。宁波宁波，从来没去过，可是因为他早就深有感情了。

"真的?"他坐到我身边。

"当然。"我回答得干脆，其实我根本不确定，宁波，只是我一个美丽的梦想罢了。

"那我带你去北轮港看看。猪头欢还没看过海吧。"

被骂猪头了，不过确实没看过海。我点了点头，"好看吗?"

"我从小就很喜欢那里。人少，感觉到天地的伟岸外，全世界都被你拥有的感觉。"

他缥缈的眼神似乎看见了那个他一直喜爱的地方。

神往。

我一定会去的。我悄悄地对自己说。

烂烂和意须那次之后疏远了不少，重新恢复邦交的时候，校园的桂花已经第四次飘香了。不知不觉，竟然，就要毕业了。

第三章

"丁冕你这个笨蛋!"

我的怒气几乎可以将天花板烧出洞来。

这个猪头,白痴,愚蠢加三级!全省第一的分数居然不读北大清华读 Z 大!浙江的高考状元哎,他到底是有脑子还是没脑子啊?

猪头状元坐在那儿倒是气定神闲的,他的刘海儿似乎总会遮住眼睛,却又不显得乱,"梦想而已。"

"梦想梦想,什么东西都唾手可得的人知道什么是梦想?"我快爆炸了,这个家伙到底懂不懂什么叫前途啊。

"我当然有。"他墨黑的眸子透过薄薄的发坚定地锁住我,好像我是那个让他奋斗的梦想一般。

从他眼里传来的压力直接逼得我与他对视的气势矮了三分。超级不可爱的小鬼,怎么好像跟职业猎人学过似的。

呃,我要请求支援,虽然盟友看上去非常不可靠的样子。

"烂烂……"这个女人光在一旁瞠目结舌,是她亲弟弟哎。为什么我要那么劳累。

"唔,唔唔……"她胡乱地点点头,好像还没有清醒过来,"什么事啊?"

"什么事?!"这个女人是脑震荡了吗?讨伐小冕是她的建议!我只是那个可怜的执行者,她居然好意思问我什么事?

"唔,了解了解!"在我发飙前她终于明白了眼前正

在上演的是两姐教弟的戏码，然后脸一变，呼天喊地开始哀号，"家门不幸啊……"

这这这，这也太夸张了吧。这下轮到我目瞪口呆了。

不对不对，烂烂不是随便抽筋的人，莫非她的意思是我刚才也太夸张了？

果然。烂烂转过身对我笑，温柔得诡异，"刚才看你那么激动我终于想明白了，阿欢，小冕的未来是他自己的，清华北大是我们的梦想，不是他的，确实不应该强加在他身上。"

一番话抚平我确实有些过分激动的情绪。

可是还是会觉得隐隐怪异，话是有道理没错，问题在于，烂烂根本不是这样的人啊。

在敏阿姨家吃过晚饭，和烂烂去书店借言情小说。

向来喜欢这些无关现实的风花雪月，喜欢轻轻松松，最快乐的日子就是喜欢的作家又有了新作或者又发现了一个可期待的作家。

　　小镇的晚夏已显清凉，梧桐的叶在晚风里发出沙沙的声响，三轮车在路上慢慢地爬，晚风拂起我的头发，舒适的感觉。未开化有未开化的好处，埋没是种痛苦，过度地干扰是另一种。

　　没有红绿灯，没有很多的机动车，没有人潮，这里和杭州是两个世界，而从来没去过的宁波，想来也不会有如此悠闲慢腾腾的节奏。

　　这时的心情应该是平缓而宁静的，如果身边没有烂烂的话。

　　这个女人在独处的时候终于暴露出她阴险的本相。

　　"阿欢你个白痴！"她边乱吐瓜子壳边鄙夷地数落我。

　　这个没有公民道德的家伙，我选择忽略她的话。

　　"我马上就要想通了，你居然还在那儿浪费口水。"她继续鄙视我，口水与瓜子齐飞。

　　鲁迅先生说最大的轻蔑是无言，我这样对自己说。

　　"喂。"她终于嗑完瓜子了，顺手就把留在手上的黏稠物抹到了我的 T 恤上，"你到底在不在听啊？"

"啊！"

连忙跳开，她引起人注意的方式倒是越来越有效了，"我听我听，我这不是在听吗？"

"老娘正寻思，小鬼这一填 Z 大这不来的是杭州吗？那咱们干吗往外推！"她很阴险地摸摸下巴，"这不多了一菲佣吗？"

就知道这女人安不了什么好心……

不过说起来小冕来了就多了个调戏对象了，呵呵，开学之后也可以尽情地让他脸红脸红再脸红，好可爱的哦。开学，开学，开学，就可以看见意须了……

意须……想到这个名字心跳就开始加快，脸有些微红。

烂烂依旧什么都不知道在哼着小调。

第一次，心里出现了嫉妒的感觉，可是为什么是对烂烂呢？便连这微微嫉妒感，都让我开始对自己不齿了。

茶几上电视机寂寞地空响，坐在地板上的两个人明显注意力都不在那儿。

"一起去吧。"

我窝在小冕身边说服他。

"不去。"他侧过身子将我丢在后面。

懒得站起来，我爬啊爬爬到他前面，继续说服："一起早点去啦，又不是没地方住，住意须他们那儿，你都认识的。"

他撇开头，小声嘀咕："就是要住他们那儿，所以我不去。"

"什么？"我怀疑自己听错了，又凑近点准备听清楚，这个理由太离谱了吧。

"我说我不去！"他猛然回头大声道，鼻尖险些擦到我，这才意识到方才我靠得有多近，这个距离只能看见他脸的局部范围，深色的眼，浓密的眉，挺拔的鼻，这小子

皮肤比我还好。

"尽欢……"他低低地唤了声。

"什么?"应完才发现他又没叫我姐姐,我居然回答了。挫败,反射性地看向他的眼里,一片迷离的光,心里忽然升起异样的情绪,古古怪怪,别别扭扭的,有血气自作主张地涌上双颊,我兀地将手抵在他肩膀上将他用力推开:"哇,好大一颗猪头啊!"

他猝不及防地被我推倒在地,起来时瞳孔里的光已经收敛,眸子冷了下来,又恢复他沉沉的样子:"我不会去的。"

说服宣告失败,烂烂这个白痴还说如果我说小冕一定会去,就可以帮我们提东西了,完全不是这回事嘛。

平平淡淡地就开学了。

意须他们搬回学校住,他和烂烂半年的芥蒂终于被淡化,又可以在一起开百无禁忌的玩笑,情人节那天的告白被踢到了遥遥天边,或许一直以来耿耿于怀的人原本就只有我吧。小冕的生活非常繁忙，新的圈子有太多的事情要他适应，不过他还是很乖，每个星期都来给我和烂烂请安。

整个秋天都过得很平淡，虽然天天欢笑，却也没什么实质的内容，唯一值得纪念的，应该是那部叫做《流星花园》的电视剧吧。小虎队之后再也没有过一个组合会让所有的人一提起就热血沸腾的了，F4 算是另一个奇迹吧。

我是从第七八集开始看的，那时候的花泽类，已经被神尾叶子踢到二号男主角的位置了，所以一直以来我眼里就只有那个有孩子般笑容的道明寺。

然后天天看得想砍杉菜，怎么可以让道明寺那么伤心呢，有人喜欢是幸运的，怎么不感恩？这个世界有多少女孩儿连帅哥都见不到，她居然还在那儿挑三拣四，强烈要求《流星花园》番外里将该名女子凌迟处死。

看完结局，才开始看前几集。

才明白了杉菜的痛，天台上的芳心暗许，竞争不过的对手，如果她可以很快接受道明寺，才是不可以原谅的吧，水性杨花并不是什么值得嘉奖的。

会这么谅解她，应该缘于我对意须那毫无指望的喜欢吧。喜欢人，是你的自由，但是不可以打扰到他的生活。我对自己这样说，暗恋，在我，已经是结局了。

看完《流星花园》看《寻秦记》，每天借本言情小说，和烂烂、小冕逛街，和烂烂、意须、玻璃打牌。冬天就在这样的日子里悄悄地来临了。

一堆人七倒八歪地在男生宿舍讨论晚上该吃什么。

"吃火锅吧……"不用烧，方便又好吃，我提议。

"好好……"说到吃，烂烂绝对说好。

"谁去买?"玻璃问到了实质问题。

"双扣。"意须起身甩过来两副牌，"输家的两个出去买。你，你，还有你来跟我打。"他点了点我、何问还有玻璃。

　　"为什么?"玻璃握拳吼出了我们几个人的疑问,为什么是我们几个?

　　意须笑,可恶,居然咧嘴笑也可以那么优雅:"让分不清楚葱和韭菜的人去买东西谁放心?"

　　这倒也是,没办法,只能看烂烂等闲人在旁偷笑了。

　　"打几把?"玻璃熟练地洗牌,嘴角松松地叼着烟。

　　"十分好了,太久的话要饿死人的。"何问从他手上夺过牌随便切了切,"耍帅啊,准备洗到明天早上啊,又不会做牌洗那么久干吗?"

　　"抓牌抓牌,都那么多废话。"有人在和不知道几号美女打电话的空隙跑过来吆喝了声。

　　嘿,搞得我们几个好像壮丁,居然还有监工。

　　开打的时候真的没有想到,居然十分那么难打。我和意须一家,何问和玻璃一家,一直在拉锯,都在十分边界徘徊,偏偏就是不碰十一下。

　　两只可怜的飞蛾选在了这个时刻停驻在桌上。

已经饿得前心贴后背又打牌打到眼发红的玻璃立马抓狂了，一把抓了起来。"狗男女，斩立绝！"

"不要啊，玻哥，留它们条活路，好歹下火锅的时候还比较新鲜……你瞅瞅，还挺肥的……"何问咽了咽口水。

哇，这都饿了几年的灾民啊。

大家都笑开了，烂烂笑得最夸张，被点了穴一样，笑个不停，还在床上打起滚来。到后来已经发展到大家都停下来目瞪口呆地看她发狂了，额头还挂上一滴汗。

"看什么看！"烂烂对被围观并不是很满意，"没见过美女啊，老娘又不是狗男女，哈哈哈，"说到那个词时她又开笑了，揉着肚子笑，"哎哟不行了，越笑越饿，你们抓紧啊倒是。"

"我们去吧。"意须从床上拿起白色外套拉我起身，干脆不打了。

"嗯。"我应声，取下搭在椅背上的红色大衣穿上。

还没走到门口。

虚掩的门被人推开了。小冕穿着黑色的羽绒服站在门外，"我姐在不在？"他没有和意须打招呼，只漠漠看了他一眼，直接就问我。

他和意须明明是认识的呀，那么冷淡……我这才忆起小冕来杭州读书后居然一次都没有正面碰到过意须。

"哎呀哎呀！"烂烂大呼小叫地跑了过来，方才的念头被她一吓就跑到爪哇岛躲起来了，"居然忘了还有事情没做，老娘先去办事哦，很快就回来的，你们不要把东西都吃完啊，要等我，等我明不明白！"

烂烂总是风风火火的样子，一点儿都不像学服装设计的人，我纵容地笑笑，"知道啦。"

"一起走啰，有段路是一样的。"她先飙了出去。

于是我们一行四人就沿着寝室门口的石子小路往后门走，烂烂和小冕在前，我和意须在后。

走读的男生寝室就在操场的旁边，平平的一排小矮房，没有看门的阿姨，走出寝室就可以看见大片的芦苇

——或许不是芦苇，反正长茎植物我统统归为芦苇类——
然后就是操场的围栏了。

因为这排平房是与隔壁财校的分界，所以校方称之为
西围墙。当年财校的女生宿舍一度就在隔墙，大一的时候
信息三班的男生经常站在枫杨树下抱着吉他对着那边大唱
《对面的女孩看过来》。

大一，为什么现在想起来这么遥远，哦，我大四了。
第一次那么深刻地感觉到离别似乎真的就在眼前了。

长大了才知道时光真的如瀑布，奔泻得让人有些措手
不及。我有些感慨地叹了口气。

走在我右侧的意须轻浅地笑了，弯起食指轻轻敲了下
我的脑袋，"装深沉?"

"才没有。"我嗔了他一眼。调回视线看向前方才发
现小冕不知道何时转过头在研究似的看着我们，碰到我视
线的时候才慌乱地移了回去。

烂烂说有段路是一样的，这段路居然还不短，出了校

"找老娘干吗？嗯，她在。你的……"一只红色的诺基亚手机出现在我鼻尖。"喂……"我懒散的口气，今天手机没充电还躺在床上睡大觉，不过没关系了，认识我的人都知道找到烂烂就基本可以找到我的，就像现在一样。

门还可以一起过条马路。

说到马路，就要透露个小小的八卦了。

丁大小姐也就是烂烂，是不会过马路的。是天字第一号过马路白痴，两眼不看左右车，一心只是乱走路，所以常常发生"当时那辆车离她只有零点零一厘米，但在刚刚点上香的时候，那辆车的主人伸出头来骂她"的遭遇。

她能活到现在也算世界奇迹了。

在场的其他三个人都知道这个有些像卡通漫画的事实，所以人行道的灯还没有转绿的时候，小冕就很自然地拉起了烂烂的手。

看看，这个就是非独生子女的好处了，总有人护卫着，即便不是男朋友。

我假哭："我好可怜啊，都没人照顾我……"

还没有声情并茂淋漓尽致地哭诉完，双手就被人抓住了，更正，是被两个不同的人抓住了。

　　小冕回过身抓住我的左手，意须很自然地就牵我的右手，我怔住，他们亦然。

　　意须的目光顺着小冕握着我的手上移，小冕看了我一眼，然后回看意须。两个差不多高度的男生就这样站在马路边对视。

　　小冕墨色的眼睛很坚定，左手被他握得有些发痛，意须清澄的咖啡色眸子却黯淡了一些，隐隐的伤悲，牵着的力度松了不少，但始终没有放开。

　　气氛有些尴尬，如果他们中间的那个人不是我，可能我也会学其他路人一样停下脚步看热闹。

　　"呵呵。"我干笑，脑子里不停地转，小冕是怎么了？意须是怎么了？

　　小冕或许又要教育我男女有别……

　　至于意须，想起他眸子里的隐隐伤痛，莫非他想牵的那个人是烂烂？

　　心脏又开始抽痛了。我闭了闭眼，压抑着自己的痛感，再帮意须一次吧。

我笑着从他们手中抽出了手，"干吗干吗，吃豆腐也不是这样吃的，两个人我可吃不消。"

"不如这样，"我拉下小晃牵着烂烂的手握着，然后将意须的手抓过去握住烂烂，"这样就都有豆腐吃了。"

巧笑如靥地抬头，期盼看见意须乌云散尽的眼，即便这样做并不能帮他追到烂烂，但是能碰触自己所喜欢的人也该是喜悦的吧，一如我会为了能站在他身边而幸福。

可是没有，没有喜悦，没有星光，死寂。他的眼里一片死寂。

心里腾起个念头，我这一刻做的事情莫非不是帮他而是伤害他吗？错觉，是错觉，没理由的。

气氛又无语地僵在那儿了。

还是烂烂收拾残局。一直在旁根本搞不清楚发生什么的她满脸疑惑地问道："到底走不走啊，菜市场都要

关门了。"

烂烂的好处就在于她向来都以最直接的方式解开最麻烦的结，不是因为她懂得，而是因为她根本就不知道那是个结。

意须放开烂烂的手，改为浅扶她的背，头也不回地带着她过了人行道。

松了口气，虽然自己也不知道自己紧张什么，方才那样的局面莫名地让我觉得害怕，似乎有我所不知道的事所不知的情绪悄然酝酿。

"我们也过去吧。"我放开小冕的手。再不过去又要等下一次绿灯了。

小冕却执意地牵手，然后引领我过马路。

"喂！"我哭笑，"不会过马路的是你老姐不是我哎。"

小冕不语，又走了几步才低低回了声："我倒看出你比她还要低能。"

"什么低能啊，你给我说清楚。"我做张牙舞爪状。

"不说。"他居然笑了，而且很开心地笑，"打死我也不说。这样也好。"

正要进一步严刑逼供，才发现已经走过了马路。

意须看我的眼让我全身凉透，总觉得自己似乎做了对不起他的事，可是我什么都没做啊。

"那我们先走喽。"烂烂挥了挥手，"不许先偷吃哦。"语毕又化做天边一道清风，哦，两道，后面有一道被迫跟着的。

"拜拜。"我的话回旋在口中根本不及吐出就只能对他们的背影告别，转过身对意须露出笑颜，虽然不知道自己做错了什么，笑总是没错的。

可惜我的刻意讨好意须并不欣赏，他面无表情地避开我的视线，往菜市场方向走。

"要买些什么呢?"我追上他的步子。

他不理我，当我是空气，脚步又加快了些。

我伸出手想抓住他，他避过。

　　我受不了这样的疏远，直接跳上一步，死命拉住他向前的趋势，"老大，你打我吧，你骂我吧，你不要不理我啊。"

　　意须忍不住地笑了出来，笑完后又叹气，敲我的头："尽欢，我……"

　　我傻傻地等着他"我"后面的下文，他却想起什么似的笑笑："走吧。"

　　人情通达并不是我的专长，我只知道有些事情别人不想让你知道，不问就会比较幸福，所以便将他的吞吞吐吐抛到了脑后。

　　其实我向来是不喜欢菜市场的，总觉得嘈杂湿漉肮脏，每次去都是想好了买什么然后匆匆买完就走人，更多的时间是到超市解决。

　　所以从来没有想过会有这样一天，会希望可以在菜市场里待得时间越长越好。

　　意须双手提满了菜，我抓着他的衣角以防走散，时过下班，菜市场的另一个高峰期，人流还是蛮可观的。

其实一直都是他在挑在买，我跟着后面偷偷发呆，想自己与他这样在旁人眼里看起来会是怎样的关系，然后窃喜。

"一块二是吧？等下，我好像有零钱。尽欢……尽欢？"

唔，唔，谁在和我说话？我满脸痴傻。

"服了你了。"意须摇头，"这里都可以发呆。帮我拿下外套口袋里的零钱，我手没空。"

有些羞赧被窥破神游，我吐了吐舌头，什么都没说地伸手去他袋里拿零钱。

哦，有个圆圆的瓶子。我把零钱和瓶子一起掏出了他的口袋。

"这个是什么啊？"光光的深棕色半透明药瓶，什么标贴都没有，里面是半瓶的胶囊。

意须从我手中接过零钱拿给老板，接过菜，示意我把药瓶放回他的袋中："维生素。"

"什么用?"我更摸不着头脑了。

"笨啦。男人也需要美容都不知道。"他讥笑。

"需要吗?"真是世界颠倒了,男生对这些比女生还要看重。

"不需要吗?"

我闭嘴,我可不想拍《大话西游》,只能以无言和眼珠子都不转一下来表达我对他的鄙视。

回来的时候路过烧烤铺,意须拉住了我,买了好几串烤鱿鱼两个人一路吃,用他的话是,等火锅烧好基本要饿死了,先垫底,也算出来买菜的福利。

所以等我们拎着大堆东西回男寝室的时候,房里的人已经奄奄一息了。

看见我们就痛哭流涕,一个个轮流过来和我们握手,然后围观那一堆菜,宝贝啊。

"谁洗?"我闲闲地问了一句。

呼的一声，所有人跳离开菜，方才的宝贝马上成了炸弹。

就知道这群懒鬼，反正我也不会洗的，我可是已经吃过东西了。想到这就看向了意须，这个老奸巨猾的，可能早就想到了这一点了。

然后又是打牌定生死，这回轮到我可以在一旁很清闲地叫叫加油了。一来一回几下，洗好菜放上锅的时候已经是八点多了。

"饿……饿死了……"何问在床上呻吟。

四脚朝天的动作让我注意到了他的红白鞋子："呀！新鞋子哦，不错啊。"

何问立马来了精神，从床上迅速爬起，将脚放在凳上，手撑在膝盖上支着脑袋摆了个造型："很酷吧?"

"是啊是啊。"我忍笑点头。

他精神更好，将裤脚往上拉了点，露出白色袜子："和我的袜子很配吧?"

"是啊是啊。"在正自恋的男人面前说"是"绝对是最明智的选择，不然他会拉着你辩论半天。

他笑得更得意了，又自我欣赏地把裤脚拉得更高，露出了腿："和我的腿毛也很配吧？"

喷血。我再也受不了笑了出来。

一屋子的人都敲桌子拍凳子笑了起来。

只有玻璃不屑地哼哼："哪里酷了？"他从袋里摸出 ZIPPO 火机，随便在背后一擦打出火，然后他得意地宣告："看见没，啥叫屁股都能擦出火花的男人，这才叫酷！啥叫男人！"

哈哈。受不了了。就说北方男人和南方男人的表达方式不一样，南方人循序渐进，要从袜子才可以到腿毛，北方人就直接让你看屁股了……

"烂烂怎么还没回来？"还是意须想起少了个人。

"1××57199936。"我随口就报出了她的手机号码，太好背了，我的是 1××57199939，只差一位数。

何问拿起电话正要打去问怎么还没回来，屋里电话便响了起来，原来是某位美女被拉住回不来享受火锅了。

那我们就不客气啦。桌子围了满满一圈人，可是锅却迟迟没有沸起。

一圈人一个个咬着从食堂偷回的一次性筷子对着锅发呆。

"越看越饿。"我郁闷。

"我也是。"何问咽呜。

"我们猜谜语吧。"玻璃提议转移注意力。

玻璃的话音还未落，何问拿着碗的手就忽地升到了正中，口中还念念有词："外婆家里一只碗，下雨盛不满……"

他应该是在说谜语，可是被他说起来像江湖术士的口诀，所以我们都听得一头雾水。

"哈哈，一群白痴，这都不知道，鸟窝！"他得意地宣布答案，然后收到了一堆白眼，他却惘然未觉，继续兴

奋，"要不要再猜？"

"好吧……"总比一直对着沸不起来的锅发呆好，虽然他的谜语弱智了一点儿。

他好好地酝酿了下情绪："外婆家里两根葱，一天掐三次。"

"又是外婆家？"大家好笑地问他。

"别笑，严肃点儿，我们那边的经典谜语。"

"难道是……筷子？"我看他老是在做掐的动作，随便猜了猜。

"聪明聪明。"

"再来再来。"大家被他的外婆家激起了兴趣。

"外婆家里一只羊，光吃草，不挤奶……"

……

那天晚上到底吃了些什么已经记得不真切了，只记得一个个外婆家的谜语和大家的欢笑。大学的时候总是这样，没什么事情值得真的忧愁，那是最快乐的一段时光，未来对我们而言也不是非常真切，我们只是，很快乐地享受属于自己的时光。

第四章

那年的冬天有很罕见的狮子座流星雨。

说不清是《流星花园》给它打了广告，还是因为它使《流星花园》更加经典，总之，随着观星日期的接近，两样都益发地红火起来。

我是个异常迟钝的人。直到十一月十八日的傍晚才知道翌日凌晨居然会有流星雨。

"唉，会有流星雨哎。"

"不要闹。"烂烂难得正经地训斥我，因为她正在做作业，这个家伙平常走路什么的都是风风火火，一到作业啊任务啊就拖拖拉拉了。

我可不管她："流星雨哎！"

"拜托，大小姐，你现实点好不好，杭州这样的垃圾天哪里看得到什么流星雨。"

嚯，她跟我说现实，果然作业可以逼得人转了性子。

"如果看得到呢？"

"哈哈。"她龇齿笑笑，然后脸一正，"看得到也不去，抽风啊，冬天冷得要死，半夜跑出去看天上掉下的几颗破石头？"

基本上，以上就是为什么我会一个人出现在操场的原因了。

午夜的操场确实冰冷。狡猾的风从衣服的每个缝隙里钻入，不放过任何欺凌人的机会。我吸口气，紧了紧领子。看看四周，郁闷，都是成双成对在相互取暖，当场带些酸葡萄心理愤愤：得意什么，以后没几个能在一起的。

口袋里的手机忽然震起来，冻得有些麻木的手掏了许久才掏出来。

"喂……"我的牙齿在打架。

"你在哪儿?"居然是小冕，这么晚还没睡啊?

"学校……"我吸口气，"操场……"

"一个人?"

"废话。"提到这个就有气，还不是死烂烂不肯陪我来。

"好。"咔的一声挂断了。

好? 好什么好? 我晕。都快冻死了也没看出哪里好，我也开始怀疑杭州这破天到底能不能看见流星雨了。

好冷哦，真的好冷。我已经连哆嗦的气力都没了，后悔没有带床棉被出来。不知道明天报纸会不会登出条小豆腐新闻"今晨因看流星一女冻死"。

呀，我怎么多了两条胳膊。打了个呵欠后忽然发现自己的身前多挂了两条胳膊。

“呃……”我惊异地研究这个非自然现象。

有轻笑从我背后传来：“看来你不仅是冻僵了，而且冻傻了。”

这个声音。

意须？意识到现在的他正从后面拥着我，本来就僵得毫无知觉的身体更是僵得彻底了。

他却好像无意识地将头放在我的肩上，谆谆道：“你个笨蛋，哪有人出来看流星只穿那么少衣服的。”

我又没有半夜来过操场，怎么会知道这么冷？

“怎么不说话？”他热热的气呵在耳边，身体也因为他的体温而恢复了正常血液循环，“莫非你害羞？真的没想到你也有神经。”

“你才没神经呢！一个正常女生被你这样抱着起码也要给点羞赧的表情，不然就表示你没得混了，我装害羞还不是给你面子啊。”我反诘，即便我确实在羞涩，可是输人不输阵，跟这票狼男混，早就学会了死不要脸。

"哦哦……"他惋惜，"真没女人味。"

"当然没你的烂烂有女人味。"我脱口而出，马上恨不得咬断自己的舌头。这样的说法伤害的人不止一个，也对不起烂烂。

他果然沉默了。

我低头看自己的脚尖，也不知道该说些什么。

操场上的人群忽然喧哗了："有流星！"

我忙抬头要看，却发现离我不到三米的地方一条孤单人影，穿着淡灰色的大衣，长长刘海儿下是惊愕的神情。

"小冕……"他怎么半夜出现在我们学校……

小冕笑了，比哭还难看的笑，"是我傻，居然真的相信你一个人……"

"我确实……"想辩解才发现自己目前的情况确实说不清，然后就眼睁睁地看小冕凄苦的笑，看他的头撇向旁边深吸气，看他留下怨艾的一眼后转身离去。

我呆了。完全不知道该如何反应，直到他消失在仰望星空的人群狭缝中才醒悟自己该追上去问问到底发生了什么事。

我扯开意须的手，追了出去，用了自己所有的气力追赶，却也只是在校门最后看见一眼他骑车飞奔的背影，孤寂的。

"我想你大概没什么心情看流星雨了。"意须不知何时出现在我身后，几乎不让人察觉地轻叹一声。

我胡乱地点了点头，在他陪同下回了寝室。

流星雨我终究还是没有看成。全部的记忆都只是小冕的怨艾和意须的低叹，我似乎一直在做错事，却找不到错在哪里，我们三个人之间似乎都有隔阂，没人去戳破。后来，我是不懂，他们，似乎是不愿意。

"真的没事?"我再确认一次，还是打了小冕的电话。

"真的没事。你有空还是多关心自己的感冒吧，按时吃药，不然就拉你去打针。"

"滚。"我笑骂了句，然后挂上电话，吸了吸鼻子，还是不通气，难怪小鬼在电话那端都听出来了，看来他确实是没事了，居然还有心情恐吓我，明知道我最怕打针了……一想起那银亮冰冷的针，不由得打个寒战……死小鬼，病好了非好好用家法管教一下，没大没小的。

想想自己真是衰，流星没看成，倒是惹上了流行感冒，头好重，好像走几步就要歪倒。

"韩尽欢……韩尽欢……韩尽欢……"

一声声凄惨哀怨的喊叫从窗户外飘进来，我晕，我只是小感冒，没必要用催魂的方法叫我吧。

东倒西歪地爬到窗边往下看，果然是我们班那几个牛鬼蛇神。

"猪，下来领你去喝粥……"玻璃双手罩在嘴边冲着我大喊。

他的东北叫声实在够粗犷，已经有一堆人探出脑袋看看哪里有猪了。

抽筋，我小声嘀咕了下，对他们有气无力地扬扬拳头，然后昏昏沉沉地穿衣穿鞋，头还是很晕，不过睡了一天出去走走也是好的。

我又东倒西歪地走到楼上寝室叫烂烂，喝粥是她的最爱。这样走了几层楼梯后忽然觉出感冒的美妙了，不用去想什么脑子就被塞得满满的，整个人也会沉下来，好像女人味多了，笑死。

我歪来歪去地到了烂烂寝室，房门大开，唱的正是《空城计》那一出。我大摇大摆地当是自己寝室就进去了。烂烂应该是没出去的，她出去都会向我请示的，那应该是在洗头或者什么。

我准备到她床上看她有没有带手机，还没有开始翻，就看见了枕头边平躺的一个白色信封，上面写了四个字，"给我的爱"，字迹熟悉到让我心惊，我的作业有很多就是他代抄的，怎么可能不认识。

门外忽然响起脚步声。我这样歪柳般地状态居然敏捷地一下就无声地跑到了烂烂对面的床铺坐下，还装出坐了

很久的样子，人的潜能果然是不可度量的。

进来的正是烂烂。她看见我居然愣了愣。

"猪头帮在下面等我们喝粥。"我若无其事地说，声音因为感冒有些粗哑。

"好的。怎么感冒了？"她边换衣服边问，"半夜出去发春的结果？"

"我是病人……"强烈要求最惠国待遇，不许趁机欺负我的。

美丽的女人就是不一样，靠在床铺的铁栏上看烂烂换衣服，举手投足就是和我不一样，咋混了那么多年除了学她的粗鲁而她不经意的优雅气质就一点儿都没学呢？

"看什么啊。"她大概感觉到我的目光，头也没回地问。

"没见过美女啊。"我的声音病恹恹的，心里想着的还是那封信。

"走。"她将换下的衣服随意一扔，唤我。

　　我起身，跟在她身后，离开之前装做不刻意地瞟了眼她的床，没有了，信，被藏了起来。他们，果然有事情瞒我。

　　心有点痛，然后藤般地向上蔓延，直至将我淹没。与感冒一起让我更加虚弱。

　　下了楼才发现意须不在猪头帮里，这样也好，目前看见他只会让我更难过。

　　于是一群人就以打群架的姿态向海王美食移动。

　　忘了是谁发现"海王"的了，大学时期对这些的热诚是任何年龄都无法相媲美的，我们总是会吃遍附近几条街，而且还很有讲究，"鹍鹍"的大盘鸡，"麦田村"的叉烧饭，"来师傅"的水饺，这些都算是近的。喝粥，就要走过洋洋洒洒的几条街，到一个只有两米宽的小店铺里喝广式粥。

　　感冒的时候走起路来觉得好像在飘，他们都照顾我走得很慢，不停地说笑话，成人笑话。男生说，成人笑话是

世界上最好笑的。

又气闷又想笑的时候会觉得呼吸困难，真想踢他们，可是这样踢和按摩其实区别不大，说不定又要被他们嘲笑"你那叫按摩？是乱摸吧"。所以，我忍，女子报仇，病愈不迟。

不知道走了多久，似乎很久，又似乎很快，那是种奇妙的感觉，我们终于到了小小的铺里。香香的牛河味从门口的透明厨房传出，橘黄色调的装潢，在冬日里特别温暖。

"皮蛋瘦肉粥。"我小声小气，要懂得节约气力，特别是生病的时候，一下用光说不定真的有晕倒的惨剧发生。说到皮蛋瘦肉粥，以前看港剧总出现这个东西，怎么听都听不清楚，曾经一度以为是皮蛋瘦乳猪。

"你可不要这样啊。"众猪头居然都很不给面子地作出翻倒状，"你这么温柔我们可不习惯。"

温柔？下回拿把刀子来温柔给你们看。我心里狠狠

道，现在却无力气，只能再度扬了扬拳头。头好像越来越
晕了，干脆趴在桌子上等，桌面凉凉的，贴在热热的脸上
好舒服。

烂烂的手机在响，是鸡叫的声音，她的品位向来，
呃，很独特。

"找老娘干吗？嗯，她在。你的……"

一只红色的诺基亚手机出现在我鼻尖。"喂……"我
懒散的口气，今天手机没充电还躺在床上睡大觉，不过没
关系了，认识我的人都知道找到烂烂就基本可以找到我
的，就像现在一样。

"你有没有吃药？"

啊，是小冕，呜呜，这个小弟没白养，会关心我哦。

"你到底有没有吃药？"他声音里已经有了些不耐烦
了。

"吃了……"想起今天他的威胁，还是识时务点好
了。上天原谅我，我可是被迫的啊。

"真的吃了?"

居然怀疑我,虽然……他是怀疑对了。

"真的吃了……"

呜呜,又开始怀疑到底谁比较大了,被他这样质问很
丢脸啊。

那边沉默了一会儿。

"我不信。"再次有声音传来的时候却是这三个字。

我晕死了,不信还问我那么多次浪费我气力。

"你在哪里?"他换了个问题。

"海王。"虽然疑惑他怎么问起这个,但还是回答了。

"我给你拿药过来,待在那里不要走。"

滴。嘟嘟……

又是老样子,把自己要说的话说完就挂了也不给我机
会拒绝。我的头好像越来越晕了,刚才那番话像是用尽了
全部气力似的,正要把手机递还的时候,烂烂的手机又开
始鸡叫了,她的业务还真是繁忙。

"我还没点好，你帮我接。"烂烂也听到了，边翻开菜单边随口说。

"喂……"我在猜测自己现在这样的声音是不是会有莫文蔚的效果。

"尽欢？"

我愣了愣，面无表情地将手机递给烂烂："有帅哥找。"

"谁啊？"烂烂用口形问我。

"不认识。"我淡然地回了一句。

我又贴在桌面，本来就眩晕的脑里开始漩涡般地旋出无数白色信封，每个的正面都写着"给我的爱"，我闭上眼，有清凉的东西滴在桌面，果然，感冒是容易伤感的病。不想听别人的电话，可是人活在这个世界上，总是会被强迫地接受一些自己本不愿接受的东西。

"啊？是啊，是她啊，"烂烂这个时候应该是奇怪地看了我吧，感觉到的，"我也不知道，是啊，我们在海

王，好的，你过来吧。"烂烂收起了电话，"阿欢，是意须啊，怎么说不认识。"

"我没听出来。"我轻轻地说。

她哦了声就继续埋头菜单，其他人已经看不过去了，烂烂点菜的速度也太慢了。

又过了十分钟，烂烂仍然继续埋头菜单中。

玻璃拿着筷子敲桌子："嗨，你随便点好了。"

烂烂从菜单中抬起头，白了他一眼，"怎么可以随便呢，随便是随地大小便，你这个没公民道德的。"

玻璃讪讪地放下了筷子。

我坐直身子的时候正好看见这一幕，眉眼一弯，笑了出来，还是烂烂厉害，什么男人到她手里都是服服帖帖的，意须从外面走进来时我的笑还挂在脸上，来不及收干脆就冲他点了点头。

他也点了点头，眼神闪过烂烂的时候两人交换了点什么。

悬着的心一沉，果然，那个最近的位置，现在已不属于我的了。

"海王"的桌子很小，都是四人一位的，我们来了七个坐了两桌。既然人家都已经两情相悦了，我还是成人之美为好，我摇晃着起身，坐到了另一张桌上，将烂烂身边的位置让了出来。也将一直占据的那个本不属于我的最贴近的位置，还给了别人。

我坐过去的时候同张桌子的猪们都了然地对我暧昧地笑笑，明白我的用意。果然，他们在一起是群众的愿望。

"你脸怎么那么红？"一直没说话的何问忽然冒了句。

有吗？我摸摸脸，好烫，难怪刚才觉得桌子冷得舒服，应该是。"上火了吧。"

"不像。"何问的脸色居然严肃了起来，伸出手越过桌子探向我的额头。

另一个人的手比他更快地搭向我的额头，但是我认识那只白色袖子，目前最不想有牵扯的就是这只袖子的主人

了。我别开脸避开他的手，无声给彼此划开一条界限，他喜欢烂烂是一回事，在一起之后是另外一回事。和好朋友的男人保持一定距离是保证美丽友谊的先决条件，即便划的那条界限是我心上的一道深刻血痕。

他的手僵在那儿。他居然没有放下，就让自己的手悬在空中。

何问收回了自己的手，所有人的注意力都在意须的手和我别开的脸上，没人知道该怎样解决，向来嬉闹惯了从未出现过现在的场面。

还好，还好上天的使者还是在必要的时候出现了，只是我从来不知道这个使者是小冕。

"吃药。你脸怎么那么红?"一个装了很多药的塑料袋从空中扔到了我面前的桌上，紧接着一只冰冰的手搭上我的额头，"韩尽欢，你居然让自己发烧!"

我根本来不及反应就发现自己的身体已经悬空，安稳地躺在了小冕的臂弯里。

在场的其他人也只是张大了嘴，事态的变化实在是让人吃惊，直到小冕抱着我跑出了"海王"，他们才追了出来。

我头已经昏了，眼睛有些睁不开，这时该是小冕抱着我站在路边拦出租车吧。

"你怎么让她发烧出来乱跑?"我听见小冕的声音，透明的音质夹杂着怒气。

没有人答话，都不知该如何答话。

"车来了车来了。"

出租车姗姗来迟，在冬日冷清的街头。

"我去就行了。"小冕动作轻柔地将我放进后座，然后跟了进来，闷闷地留下一句，便关上了车门。

出租车缓缓起动，我无力地靠在小冕的肩上。

脑子一片混沌，还是无比清楚地知道，身边的，是小冕，而意须……

我的眼挣扎着睁开一条缝，扭头看着车后，已经越来

越远。

"不要乱动。"小冕将我的头重新按回他的肩膀，"好好休息，你在生病。"

生病？嗯，我是在生病，生了一种不知道该如何治疗的病，所以很累，非常累。

那夜发生的一切，因为感冒眩晕都仿佛在梦里。

梦里有白色的信封，梦里有牛河的香味，梦里有清冷的空气，梦里有医院特有的味道，梦里还有一名骑士，在我最困苦的时候解救了我。这样的比喻，实在是太过夸张，可我是真的感激小冕的。那天，我的头脑都在罢工中，是他给了我缓冲的时间，让我调整了自己，也是那天，我才发现，小冕，居然可以很轻松地抱着我，在走道上狂奔，他有宽厚的肩膀，厚实得让人觉得安全，也许，那真的是个梦吧，不然我怎么用看男人的眼光来看弟弟。

那夜还有个小插曲，第二天起床的时候室友说昨天半夜她起床站在窗前喝水的时候看见宿舍楼下有人影，深更

　　黄色的海，远的地方慢慢变淡，
与灰色的天连成一线。

　　风很大，很冷。

　　骗人的，都是骗人的。我将脸
埋进了围巾，说什么有拥有全世界的
感觉，为什么我会觉得这么孤单？

半夜的有人影哦！

　　闹鬼……我们的反应都是如此，传得沸沸扬扬的，搞得那段时间没人敢半夜起床。

　　离放假还有一个月左右的时候又考试了。

　　向来是喜欢读书，不爱考试的人。可这次考试，心情却很不一样。因为，这是最后一次考试了，对于我们这些不继续读研的人来说，寒窗的日子就要结束了。而这一刻才发现，当一个东西真的要从你手里溜走的时候，即便原来是很厌恶的，也会产生莫名的伤感，为自己不能再名正言顺地厌恶它。

　　考试前也不如以往喧哗了，大家都有些沉默。越来越多的最后一次让人真正体会到了离别的接近。

　　监考老师有两名，一个很可亲，进来就笑着对我们说："最后一次考试了，大家不要晚节不保哦。"

　　还有一个比较强悍，很酷地告诫我们："你们千万不要有什么歪脑筋，这样和你们说吧，学校里没有人知道我

有多厉害，知道的人都走了。"

哄堂大笑。监考并不严，最后一次了，谁还管那么多，都只是说说而已。

看看考卷就知道了，简单到白痴都做得出来。老师啊老师，就算最后一次也不用这样放水吧。让我在考场里默坐了一个多小时，不想走。考场，现在听起来是多么美妙的词语，那都是青春啊，青春，就是拿来挥霍的，不挥霍就没有享受过。

铃声还是响了。以后，就再也没有这样正规的考试了。

放假的前几天，据说还有最后一次的大型招聘会。

招聘会是个大海洋，人是海水，漂浮着，每个招聘单位都是一个海岸，所有简历都是停靠，可能是暂时的，也可能就是永远了。

招聘单位来的只是人事部门的小科员，可在大批的学生面前却趾高气昂的，好像掌握了生杀大权。

由于人多，寝室室友们很快就走散了。

原来渺茫的前途在这样浩瀚的海里愈发渺茫了，我一个摊位一个摊位地浏览，看见宁波字样的时候总会停下，最终，还是把简历都投了杭州的公司。

宁波……就让梦想永远是梦想吧。

和意须不再无隙于心，因为有隔阂反而比其他的男生感觉起来更遥远。我暗暗地埋葬自己的暗恋情怀，但是感情就像它来的时候毫无知觉一样，去的时候，也并不是人人可以自己做主的。所以，我向来只坚信，理智不可以控制感情，但是可以控制结果，只要牢记这点，起码，不会可鄙到拿自己仅有的感情去给人践踏，就让暗恋永远是暗恋吧，年长的时候想起自己喜欢过这样一个人，也会是种幸福的感觉吧。

表面却是全无波澜的，还是会嬉闹——"啊，于大帅哥，真是难得哦，路上可以碰见您老！"我的声音因为故作轻快而有些尖细。

故作？苦笑，怎能不故作。今天小冕来找烂烂和我，可我们怎么也找不到烂烂，便只好自己出来晃悠，怎想到，竟然意外地在商院会堂门口碰见了她与意须。不，不该意外的，原本，在他身边的人，应该是她了。可是我此刻的心痛又是为了什么？

"我也是刚碰到烂烂。"意须的声音柔和的，可以熨平所有浮躁情绪般，便连说起假话听起来也很真诚。刚碰到？谁信？

我没什么兴趣挖人隐私，特别是自己越挖越痛的那种，何必。于是我淡然笑着挥挥手，"那你们慢慢玩吧。我和小冕去随便走走。"还是识时务地闪人吧，"电灯泡"并不是我向往的职业。

"走什么走？想拐带我弟啊？"烂烂嬉笑着上来扯我，"一起玩啦，人多才好玩嘛。"

"玩什么呀……"我无奈，烂烂这一开口说，肯定是走不了，向来是拿她没办法的。

实在是想不出可以玩什么，这样的日子有大把的时间可以挥霍，可是却总是想不出该挥霍在哪里。

烂烂的眼睛转啊转，转到商院会堂里的时候眼睛一亮，"进去打台球啊！"

"我不会。"我白她一眼。

"不会可以学啊！"她抱着我的胳膊就把我往里拽，"活到老，学到老嘛。"

拜托，这句话不是拿来说台球的好不好。还是被她拽着进了会堂大厅。

"二打二哦！"烂烂分球杆，一根一根递到其他三个人手里，这才发现，方才意须和小冕都没说过话。

"我和小冕一家。"我急急扯住小冕的衣角，虽然怎样分都是这样的结果，可是如果是自己说出来，会让自己好受些，不会感觉自己是被抛弃的。

意须的球杆随意地靠在肩上，听见我的话时，深深地看了我一眼，球杆从肩上滑落，靠着手竖在地上，他垂下

头，似乎在认真地检查杆头，或是在思考什么。

小冕看看他，看看我，"好的，我们一家。"他的话竟不似答话，反而像某种约定。

烂烂嫌光打球不过瘾，又定下了谁输谁请午饭，很雀跃的样子。她的情绪向来都比别人高三度，所以看见她就会觉得开心起来。

意须开了球，优雅地伏低身子，专注的微笑神情。唉，难怪有人说男人认真的时候最迷人了。第一次看他打台球，一球一球打得很稳，很厉害的样子，看来今天我和小冕这顿饭是请定了。

我转头朝身边的小冕撇撇嘴，他们摆明是讹诈我们的饭嘛。

小冕眼角一点点下弯，嘴角的笑一点一点地漾开，伸出手弹了弹我的脑门，浅浅柔柔地说了一声："白痴。"

"啊！于意须你这个笨蛋，必进的球居然没进袋！"还没来得及骂回小冕，就听烂烂在那边哇哇叫。

哦？没进？那就是轮到小冕了。

小冕打台球和意须的感觉完全不一样，意须是闲适地玩，可是球杆到了小冕手上，就凝重了些，也难怪，小鬼从小样样都要第一的，自然轻松不起来。

烂烂打球是让人百思不得其解类型的，两句话可以概括，别人进不了的球她能进，别人进得了的球她绝对不进。

至于我，呃，就是属于要别人从头开始教的菜鸟了。

"小冕教我打台球吧。"我咬着下唇有些郁闷，原本我向来是避开这些我不擅长的东西的，都是烂烂这家伙。

"手要这样放……再屈一点儿，拇指竖起来……嗯，要架稳。"

手搞成这样怎么架得稳？好像很别扭的……

"笨啦，哪里是这样。"原来只是言传的小冕被我的笨拙气得决定身教了，"是这样啦。"他站在我身后帮我旋起左手的四个指头，嘴里的气息轻轻搔在我的耳际。

痒痒的感觉。我下意识地往旁边避。

"不要乱动。"小冕轻松地按住我，纠正我右手的握姿，"用手肘带动而不是肩膀，眼睛看准目标，击打的时候要迅速。好，你试试。"

砰。

耶！入袋！我果然是聪明啊！我兴奋地抓着小冕的胳膊直跳，边跳边挑衅地朝烂烂吐舌头，然后匆促地扫一眼意须，却发现他也正好看了过来，视线在空中相撞，我微微愣了愣，想也给他一个挑衅的笑时，他已经迅速地别开了眼。

第二杆开始，意须的球打得有些浮躁了。

"于兄，你不是吧，美女在旁就这么魂不守舍。"我笑着说，似乎一直以来都只和他说这些言不及义的话了。

他没理会我的话，打球，静坐，一言不发的。

我是累赘，烂烂其实也好不到哪儿去，所以这只是小冕和意须的球局，而台上，也只剩最后一颗黑球了。

是意须的杆，他伏低身子认真地瞄杆。

"哇，于兄，这回一定要在烂烂姐面前好好表现啦，宝杆赠英雄，胜利赠美人，不要让烂烂姐失望哦……"整张桌子只听我聒噪的声音，不聒噪不行，他的不理不睬让我心里有东西要从眼里涌出的，只能靠不停地说话来转移。

意须刷地打出球，快速地直起身，将球杆重重摔在地上，用尽全身力气地出声："韩尽欢，你够了没有！"

我被他突然吼出的话吓住，下意识地看向其他两人，恰好对上小冕深邃的目光，略带指责的，然后他撇开了头。

好像刚刚我是太得意忘形了，嗫嚅了下，想说些什么，居然没说出口。

黑球在台上飞快地转了两周，奔向袋口，却因为击杆的力度过大，在袋口重重地撞了撞，停了下来。

意须疲倦地抚了抚额头："我请你们吃饭。"说完便

一个人走了出去。

那是不是就是说，他，认输？

可是他并不是没有机会啊，我忍不住说："还没打完。"

不知道他有没有听见，总之，他没再回过头。

小冕抓起球杆走到桌旁。

"我来吧。"伏低身子，轻轻地一杆，"我一定会进。"

球应声落袋。

那次午饭后到过年前我再也没见过意须了。

倒是年三十收到了他的电话，拜年之后他用轻快的调子和我说："小猪欢，给我织条围巾，我走的时候可以带。"

"神经，毕业的时候是夏天带什么围巾。"我笑骂，已经陷得那么深，再天天为他织围巾，那我真不知道自己可以笑着祝福他和烂烂多久了。

过完年就是意须的生日。

蓦地想起意须拜年电话里的话，就跑去服装店里买条围巾吧。

他送我的是一只陶瓷手，据说是假期自己在陶吧做的，根据他的手的模样做的，送给我瞻仰。

"死人才需要瞻仰。"我笑他。

他带着沉郁笑了，桃花眼里有伤悲。真糟糕，说了让自己不要太注意他的，居然又去想他为什么悲伤了。我急急地拿出围巾给他，让自己不要多去想。

"你不是说不织吗?"他眼里的阴霾竟然因为小小一条围巾全都洗尽，第一次看见他笑得那么全然放松，纯然的喜悦在他脸上写满。

"啊?"这样的情况，我不知道该如何说明并不是我织的，不想破坏他的心情。

他爱不释手地翻看，然后在某个时刻顿住，不论是手上的动作还是脸上的喜悦。

　　他将围巾系上脖子，抱了抱我："谢谢，我会记得每个和你过的生日。"然后他松开了我，转身，走了一步又停下，低低的声音颤抖着，似乎在压抑情绪，"下次，送人围巾，"他仰了仰头，吸了口气，"先把商品的标签撕了。"毅然地大步走远。

　　他穿着藏青色外套的身影越来越小，最后成了一个小点，似是我心上一颗细小的疤，一碰便会疼痛不已。

第五章

学生生活进入了倒计时阶段，工作依然毫无着落。

我开始恐慌，不是因为没有工作，而因为发现自己对找不到工作根本就不在乎。

于是发狠地连去了几次招聘会，想闭着眼睛撒一大把的简历出去，可是没有想到就连乱投简历实行起来都有技术上的难度。

本专业要的人很多，可是后面都清清楚楚地标明，限男性。

好不容易看见要女生的，兴冲冲跑过去一问，结果是：对不起，这个名额我们已经满了。

果然像黄宏说的："实在不行了，男女才一样。"

后来面试了十二次，三次人家看不上我，三次我看不上人家，还有三次互相都看不上，剩下的三次里，和老板吵架一次，遭遇性骚扰一次，最后一次因为睡过头压根儿就没去。

打了个电话回家，告知情况，父母竟然开心地笑了，原来家里早替我物色了一份工作，就等我打这个电话，以表明对于我的未来他们依然有主控权。

签下协议的当晚请班上兄弟和烂烂吃饭，烂烂毕业就要去巴黎留学了。

一到西围墙就被玻璃拍了下脑袋："那么久不出来混，还以为你跑去孵蛋了。"

"是啊是啊，这不孵出个你来了吗。"我皮笑肉不笑地回击。

他郁闷，回寝室抱住何问假哭："现在的娘们儿咋都那么不温柔呢？"

我们在"我爱我家"吃的饭，奢侈了一把，那儿是不属于学生消费水平的地方。

吃完饭后回到西围墙，大家情绪都蛮高的，就开始打双扣。粥多僧少，只好以擂台制度轮流。烂烂和意须一直长坐擂台，所向披靡。唉，谁说情场失意赌场得意的？

我无聊地到电脑上打野鸭。终于有仁兄这个时候想起什么地问："欢姐今天干吗请我们吃饭啊？"

"我签协议了哦。"我笑我笑我笑笑笑。

"恭喜恭喜，那要请客了。"闲人都围了过来。

"不是已经请过了吗？"请客这句话接得太顺口了吧，我气闷。

"于意须，你脑子进水了啊，这种牌也出得来？"

"对不起。"牌桌那边传来烂烂和意须的对话。哦哦，小夫妻闹矛盾了吗？

"签了哪里?"闲人继续发问。

"杭州。"大致说了个地方,反正说清楚地点他们也未必会记住,会问这个问题也只是顺口罢了。

"于意须你干吗扔牌啊?"烂烂又不满了。

扔牌?不大现实吧,即便出错了牌意须也不会作出那么没风度的行为啊……

为那边小小风吹草动胡乱猜测,手里的鼠标也失了准头,让几只野鸭很幸运地跑出了屏幕。懊恼,收回分散的精力,准备从剩下的野鸭里收复失地,屏幕里野鸭却全都不见了。更正,是屏幕整个黑了,一根电源线被抛到键盘上,一双手将我从电脑前提起。

在众目睽睽之下,我,就这样被于意须强拉了出去。

"你!"到了操场,他的手紧紧地抓住我的肩膀,失控狂乱的眼深深地望进我的眼底,一字一句,"为什么是杭州不是宁波?"

随着他的话语手也跟着缩紧,从肩胛传来的痛意让我

曾经看过一句话：在以后日子的某个角落，当我们拾起漂流到面前的那个记忆瓶子的时候，不要因为它冰冷的体温而惧于碰触。

我想我无法把他远远地抛到时光的隧道里。

那天，我从箱底拿出珍藏的戒指和一只傻傻的陶瓷手，戴上戒指，将陶瓷手放在床前的茶几上。

明白眼前的他处于爆发的边缘，可是，又是为什么呢……

从来没看见过意须这么失态的样子，他一直都该是闲闲有些怪怪的味道，什么都不在乎的样子，那么强烈的表情，悍然的样子，眼前的真的是意须吗？我不敢相信。

他的眉头依然紧锁，攥着我的手却松了许多，话语里的勃然怒气卸掉了不少，却增添了失望的苦闷，"为什么是杭州不是宁波？"

"你怎么了？"我疑惑地迟缓地轻轻地伸出手想抚平他的眉头，手还没有触到，就被他狠狠地拥进了怀里，非常用力地，怕我跑掉似的。

"我该拿你怎么办？我该拿你怎么办……"他在我耳边低低喃喃。

操场夜晚的能见度很低，可依然还是有人经过，这样和别人的男朋友抱在一起被人看见……

思及此，我小小地挣扎了下。他却恐慌地抱得更紧："拜托，不要离开我。"

　　他，好像不大对劲。我的手举起，想回抱一下安慰他，快碰到他的背的时候还是犹豫地停住了。该吗？几番挣扎，我还是垂下了手，努力语调轻松："怎么了，只是杭州啊，离宁波很近的，两个小时火车而已啊……"

　　"呵。"他苦笑，在空旷的操场里异样清晰地回荡，"这样也好。"无奈的，也带了些解脱。

　　"什么？"他现在说话越来越禅了，结果就是我什么都听不懂。

　　"没什么。"他的语气已经恢复了平静，"既然都知道在一起的时间不多了，小猪欢你居然还躲我？"

　　"哪有？"根本就没躲，只是尽量减少正面接触的机会，"我只是不喜欢和有家室的男人鬼混好不好……"

　　"我怎么从来不知道我有家室？"

　　这个……算间接否认吗？对于自己忽然的心情大好，我觉得很难原谅，这个时候，我应该是同情他的表白又失败吧。

想甩甩头甩掉胡思乱想，可一甩头脸就擦过肩上意须光洁的肌肤，心里升起酥麻的感觉。"吃我豆腐啊?"他又开始痞笑。

"切! 你拿来做豆腐，豆腐渣倒是一大把。"我嘴硬地一句带过，然后转移话题，"说起来上次你送的那只陶瓷手有够糟的，居然掌纹都没有，一点儿都不真实。"

"要掌纹? 想我要学《玻璃之城》把生命线、爱情线都写成你的名字?"他调侃。

"那倒不必，只用正中写个'我是猪头'就足以概括你的一生了。"

他低低地笑了，因为紧拥着我，所以他胸腔的震动我也感觉得到。

整个人好像被密封了很多天忽然重见天日一般，垂着的手悄悄环上了他的背。

近来经常私下里会想，莫非意须是喜欢我的? 呵，这个想法太过荒唐了，一出现就会被我敲扁。可是就像欧美

一个敲地鼠的游戏，一个大箱子有好多的洞，地鼠会从不同的洞里钻出，刚敲了这个，它又在另一个洞口冒出头来，且精神十足的，反而是我被搞得疲倦不已。

他都和烂烂表白过了，你还期盼什么啊。我这样对自己说。我是了解意须的，他对事物向来很不在乎的，但是如果是他喜欢的，就很难改变。

女生如果想和男生做长久的朋友，这些念头还是少想为妙，我是想和意须做一辈子兄弟的，就更不应该有这样的想法了。

最后半年过得特别快，也不知道做了些什么，一眨眼就是毕业答辩了。

我是最后一个答辩的，去得比较晚，到门口正好碰上玻璃走出来。

"里面怎么样？"毕竟是第一次答辩，还是有些紧张。

"啊！"他捧心感叹，"壮观啊！第一个上场的是 A 老

师的学生，被 B 老师问死了；B 老师紧张了，第二个正好
是 B 老师的学生，于是就被 A 老师问挂了；A 老师也发
飙了，继续问死 B 老师的学生……他们正在飙来飙去，
爽啊！"

"……有什么好爽的吗……"

"嘿嘿，我是 C 老师带的，安全。"

"滚了。"真是看不惯他幸灾乐祸的样子，因为……
我也是 A 老师带的，本来就有些惴惴的心情被他搞得更
糟了些。

会场里果然气氛激烈，两位老师各不相让，飙来飙
去。我甚至产生了幻觉，两大高手以意御剑在会场的半空
刀来剑往，杀得好不淋漓痛快，最后已经不是学生在回答
问题，而是 A 老师问的 B 老师答了，B 老师问的 A 老师
抢答，讲台上的主角反而是闲在那儿不知该做什么好。

看得我直冒冷汗，原来……毕业答辩是这样的啊。

毕业答辩结束后，校方的活动基本就算拉下帷幕了，

规定离校的日子也越来越近了。

所有的人都发疯了一样，用尽所有的力气与时间赛跑，最后一次篮球赛，最后一次足球赛，最后一次《反恐精英》争霸赛，最后一次卡拉 OK 大赛……想把所有大学四年做过的事情全都再做一遍，不带遗憾地离开。可是人又怎么跑得赢时光……

意须越来越沉郁，眼光在我身上停留的时间越来越长，我经常被他看得很不好意思。

大一的时候，见过大四的人离校，全都是哭得稀里哗啦，男生哭得比女生还厉害。那时候就想，大四一定要好好看他们哭，然后笑他们。可是，没有想到，到了这个时候，我哭得比他们更厉害，眼睛迷蒙得根本看不清他们哭泣的样子。

第一个离校的人居然是我，又是因为家里的缘故。他们在后门送我，微红着眼，我不停地留着眼泪，其实回杭州后很多人马上又可以再见的，可那时候仍然是很深痛的别离感觉。

意须一个人送我去的车站，为了能和他们告别，我没有坐家里的车，行李倒是早被带了回去。和他们告别的时间太长了，所以时间很赶，到车站的时候是跑着到检票口的。

我边拿票给检票员边抱了抱意须："我要回去了。"

我放开手准备进站，他却抱紧了我不肯放开。

"怎么了？"我又想哭了，虽然和宁波很近可为什么我那么难过，"我可以去宁波看你的。"

他没有回答，手更加紧了，想将我整个揉进他身体似的。

"快点，车要开了。"检票员不耐烦地催促。

他终于依依不舍地放开了我，轻轻地说了声："拜拜。"后来才想起来，他说的是拜拜不是再见。

临上车的时候我又回头看了一眼，意须还在检票口，脸上是凄楚的笑意，那一刻我忽然想不上车跑回去，因为

心里很不安。

随车人员一把将我拉上了车："就等你了。"门随即关上，车，开了。

从来没想过，一分别就是永远，再相见，也只能在梦中。

在家待了大约十天，我回到了杭州报到，工作。

这时才知道工作原来是那么累的事情，每天回到租的房子最想做的就是睡觉，已经夸张到了八点就上床了。

最郁闷的就是，我还不算正式工作，只是培训，也就是每天坐在空调房上上课而已，居然让我累成这样。

每天都会发短信去骚扰意须，告诉他今天的情况，他总是发回一些"呵"、"嗯"之类的象声词表示他已收到。

公司不小，所以同批进去的有二十多个应届生，一起正规地上课，用学生腔说话，把给我们培训的同事当老师看，战战兢兢地与上课的同事说话，在别人的指指点点下吃饭。

同批进来的人开始互相熟悉，经常在课余坐在会议室外的休息厅聚众聊天。有一帅哥和一美女经常私下活动，一天一起从外面走进来的时候，一男生指了指对我们说："唉，现在社会发展真是速度越来越快了。"

心里倒是赞同他的话的，可是嘴上还是要理性地辩驳："别那么说，人家只是走在一起罢了。"

男生笑了："那当然，总要走在一起才睡在一起的。"

好直接，以前认识的男生不过个一年半载绝对不会在不熟悉的女生面前说这样的话的。这，就是工作和读书的区别吧？

依然每天不屈不挠地给意须发短信，即便每次都只能回收到只言片语。

上课培训结束后还有工厂培训。原本只是了解流水线，下属厂里的人却又来了免费劳动力的感觉，直接将我们派上流水线进行强度工作。

　　我认真地做工，认真地偷懒，认真地让他们流水线接不上而堵塞，终于他们受不了把我换了下来。

　　培训结束我们就被自己部门的领导领了回去，带到自己的桌子前面。

　　我老老实实地坐着，连东张西望都不敢，自离开幼儿园就数这会儿最老实了，这样的状态一直保持了一个星期。

　　越来越思念意须，离开才发现自己有多么喜欢他，心一直都吊着，于是偷偷开始织起围巾，准备织完的时候去宁波看他。他，应该会喜欢吧。然后，趁他高兴，表白看看会不会成功吧。

　　还是每天给他发短息，却只字不提我想去看他的事。

　　那天发了条消息告诉他，烂烂要去巴黎了。他就没有再回过只字。

　　爱人如雾隔云端吗？

　　不敢再发消息过去，怕他不回更怕他回的不是只字片

语，而是长篇的思念，不是对我，是对烂烂。

日子在压抑下拖长，纠缠着的，是围巾的长度。

有一天围巾终于织成了。我兴奋了一整天，和人打招呼打得特别大声，同事们都怀疑我是不是中了彩票。

我在两天内将一周的工作完成，然后请了假，跑到车站买了第二天下午去宁波的车票。

第二天起来的时候就一直在傻笑，将围巾整整齐齐包好放到背包里，给阳台上的植物浇水，阳光很明媚，就像我的心情。

浇水的时候不知怎么就走神了，一个劲地傻笑，直到下面有人大声地叫起来："楼上怎么回事啊？拿水壶直接往人头上倒！"

下午我去了车站，以往最讨厌那里的嘈杂环境的，现在看来居然可爱起来，有看人间百态的感觉。

坐在车上等开车，急切，恨不得可以飞过去，而手机，就在这一刻，响了。

"喂？"

是玻璃的来电，我发的"喂"音短促而跳跃，他的声音却沉得多："欢姐，和你说个事。"

他的语气让我不安，胸口有些痛："好事坏事？"

"不是好事，你，要有心理准备。"

我握着手机的手不由得加重，呼吸也停住了。

"……意须……走了……"

"什么叫走了？"有热气涌上鼻子，又被我逼了回去，急急地问，我要清楚，我一定要清楚，不是，绝对不是我想的那个意思。

"就是……"玻璃的声音哽咽，"不在了……"

脑袋就这样轰然炸开……

到了宁波的时候是傍晚，夕阳如血，心里在滴血。坐在车站发呆，才发现自己根本不知道到了宁波该去哪里。即便我对它充满了感情，它对我而言还是陌生的城市。

我对它的认知只在于它是意须生长的城市，还有，意须喜欢的北轮港……

北轮港？或许……该去看看……

出租车在夜幕下无声地滑行，夜幕似葬礼的挽联。

我近乎贪婪地趴在车窗上向外看，猜测哪里曾经布下他的足迹，哪有曾经有过他的欢笑，哪里曾经有他羡慕地看着其他孩子奔跑的目光……

难怪他从不上体育课，难怪他身上总是带着药，难怪他对什么都不在乎的样子……

到了北轮港才知道，原来港口并不是谁都可以随便进的，我被拦在了门外。

没有求人。我捧着围巾眼神空洞不吃不喝不声不响在门口呆坐了两天。

看门人终于受不了地来询问我到底想怎样。

两天的滴水未尽让我喉咙干涩，我沙哑地告诉他："我，只想看看。"

黄色的海，远的地方慢慢变淡，与灰色的天连成一

线。

风很大，很冷。

骗人的，都是骗人的。我将脸埋进了围巾，说什么有拥有全世界的感觉，为什么我会觉得这么孤单？

回杭州才知道自己错过了送烂烂去巴黎的机会。

租房的信箱里静静地躺着一只牛皮信封。进房之后打开，看见里面那个白色的信封和熟悉的字，心咯噔地停了两秒。

信封下躺着一张小纸条，是烂烂的留言，"他让我这时候给你的。"

根本不知道自己怀的是怎样的心情，只知道自己撕开信封的手一直在发抖。

"尽欢"，先跳进眼帘的两个字，果然，是意须给我的信……

尽欢：

你会什么时候看见这封信呢，冬天，春天，

夏天，还是秋天？

　　不管是什么时候，不要哭，那只是我的身体需要休息了，我依然在你的身边。

　　从来没有想过这种事情会发生在我的身上。大一的时候，你像一个精灵跳着到我面前问我的生日然后很得意地笑着对我说"我比你大，要叫姐姐"的时候，我的心，就悄悄跑进了一个身影。

　　可是我的身体，就像一个不知道何时会爆炸的劣质定时炸弹，不敢爱不能爱不忍爱，每次看见你和其他男生说话都是煎熬，多想可以拥着你的肩告诉他们，你是我的。

　　大学里，或者说生命里最大的遗憾，是没能带你去吃哈根达斯，即便那句话只是广告词毫无实质意义，我也想让你感觉到我的爱啊……

　　大三的生日，是我这辈子最快乐的一次。

　　你的初吻，是我的。你的回应甚至让我错以为你是喜欢我的，那天太多的开心，让我终于决定表白，呵，天意吧，按错了号码。烂烂接了之后，想再打给你，又舍不得打扰你休息，谁知道，第二天，就变天了。当我看见你手上不再带着我送你的戒指，我就知道，我又一次被你从身边推离。

　　你问我是不是表白失败，确实是，太失败了，不是对烂烂，是对你，一直，就只有你。

　　知道我有多爱你吗？

　　每天的第一道阳光是我爱你，第一滴拥抱大地的雨是我爱你，第一颗出现在夜幕的星是我爱你，每天碰到的第一个微笑是我爱你，甚至每天你碰到的第一个红灯，第一场堵车都是我爱你，所有最初的最初，都是我爱你啊。

　　我知道我自私，不该说这些让你困扰，但是

可以选吗？　守护星也可以选吗？

　　脑子里旋绕着这样的问句，手却已经自有主张地指向天际，直对那三颗连在一起的明亮的星星，

　　"猎户座，如果可以，我选猎户座。"

　　"为什么？"

　　"因为在最寒冷的季节里，一抬头就可以看见。就算不会为我做什么，但只要一想到它是我的守护星，就会觉得心暖了。"

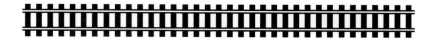

我不要你忘了我，我要你一辈子记着我，即便你从来没有喜欢过我，一直想带着你织的围巾走，据说这样可以预约来生，不知道上天分不分得清手编的和商店卖的货品。

别了，我的爱。第二次这样叫你。虽然在心里已经叫了千遍万遍。

不要难过。

提示：注意身体，舍不得你再发烧，那天在你寝室外站了一夜，呵。

永远，都最爱你的我。

第六章

"**小**韩，你休息一下吧，你已经做了一个早上了。"
苏在经过我身边的时候说了声。苏是我的领导，很精明能
干，一个女人在一个日资企业里做到这样的位置，实在是
很不容易的事情。

"不用了，我想吃饭前把它做好。"我脸上挂着笑，
终于我也学会了用脑子控制表情而不是用情绪。

若是以前有人告诉我说我会如此热爱工作，我大概只
会大笑三声，从此拿他当疯子看。世事难料大抵如此吧。

　　我爱上了工作让我满脑五号字的感觉，以前喜欢头脑空空地神游，现在却无比惧怕。

　　曾经看过一句话：在以后日子的某个角落，当我们拾起漂流到面前的那个记忆瓶子的时候，不要因为它冰冷的体温而惧于碰触。

　　我想我无法把他远远地抛到时光的隧道里。

　　那天，我从箱底拿出珍藏的戒指和一只傻傻的陶瓷手，戴上戒指，将陶瓷手放在床前的茶几上。

　　之后一直在昏睡，迷迷糊糊有些知觉，然后又昏昏沉沉地睡过去，好想就这样一睡不醒。

　　是急促的敲门声唤醒了我。

　　房内依然是黑黑的，看了下手机屏幕，十六点，市场淘来的便宜货挡光帘布还是有它的效用的。

　　"谁啊？等一下。"我边冲外面答话边扶了扶脑袋，好重，睡眠失衡，不管是多了还是少了都会让人难受，特

别在心里空空、躯壳飘飘的状态下，更显得脑袋沉了不少。追魂似的敲门声终于在我答话后止住。

随便地套上睡衣，拖着鞋子跑去开门，看见门外的人的时候愣了愣，马上就绽了笑颜给他："小冕，今天没课?"强制扯开的笑容拉到脑皮的神经，感觉头更是涨痛得厉害。

"我去你公司了，他们说你没上班。"丁冕双手插在裤袋中，眉心微微地蹙起，他的刘海儿不再放任披下，而是三七分地梳到旁边，露出光洁的额头和明亮的眼，看上去成熟了不少。

"啊! 我请假了。"我拍了拍脑门，轻描淡写地一句带过，返身往洗手间走，牙没刷，脸没洗，头没梳，估计看上去有点儿像疯子吧。

他却似乎很不满我这样对他的敷衍，一把抓住了我，然后扳回我的身子，用一种担忧加谴责的眼光看着我。

"怎么了?"我平静地微笑，耐心地对小孩子说话。

"尽欢!"他大吼一声,然后语调沉了下来,"我担心你。"他的话语里有很露骨的心疼。

呵,我居然沦落到要我的小弟弟来心疼我了。他的关心,我收下,可是,我并没有和别人分享悲痛的习惯。我抿了抿唇,用一种近乎轻佻的口吻对他说道:"早说你暗恋我还不承认。"

"是又怎么样!"我的玩世不恭似乎让他很激动,居然吼出了连他自己都不知道在说什么的话。

"呃……"有些尴尬,"我刚刚醒过来,看见你比较激动就迷迷糊糊地开开玩笑,你忽然和我提暗恋的问题,呃,我牙还没刷呢……"第一次调戏他被反调戏,有些郁闷。

他重重地叹了口气,沮丧地垂下肩膀,淡淡地扯了扯嘴角:"去刷牙吧。"

"哦。"我应了声,眼光从他的脸上爬到他抓着我的手上,这个小鬼难道不知道他不放开手我强行走开是很伤

身的吗？

"啊。"他如梦初醒地放开抓着我的手，有些发窘，却硬撑着用比较强悍的语气和我说，"动作快点儿，乌龟都比你快了。"

我白了他一眼，乌龟比我快还不是他抓着我的缘故。

到了洗手间，对着镜子发呆，难怪小冕会担心我了。镜子里的那个人，真的是我吗？头发干枯，脸色蜡黄，向来总是含笑的眸，竟也有如此毫无生气的模样，什么都见不到似的迷茫怔忡。

呆愣地转转手上的猫眼戒指，让他看见现在的我，也会伤心吧。

精神精神，我要精神。

我打开水龙头，任冰凉的水倾在我合着的手掌上，然后直接泼到脸上。

向来是看不起所谓的有经历的，会将沧桑写在脸上的不过是软弱的人的行为。什么生活像强暴，不能反抗就只能默默承受，让说这话的人去死吧。从今往后，我要活的，是两倍的生活质量。

边锁门边翻看手机上的短信记录，昏昏沉沉的几天，一直都积着，居然到了信息满溢的状态。都是他们发来的，玻璃、何问等等，我们班留在杭州的人不少，偏偏就几个最要好的在外地，命运啊，就是那天上的浮云。

都是问候和关心，都小心翼翼地绕过某个名字，谁说男生都是粗心的？笑着摇摇头，选择了全部删除，然后整个心也被腾空了一般。

"笑什么？"小冕探过头来看我手里的屏幕。

"没什么。"我快速地收起手机。

他直起身子，沉默良久。

"你还是不喜欢别人太过深入你的生活……"那柔缓的语气中带着仿佛蔷薇尖刺般地锐利，当中也隐含着一股难以形容的……伤痛，不过对于后者，我想这只是我一时的误听罢了。

"脱光衣服相处谁都会不习惯的。"我缩了缩身子，外面居然这么冷了。

早已落光了叶的梧桐孤寂地伸展着光秃的枝丫，风畅通无阻的样子。

似乎只有几天没出来了而已，怎么好像换了一个季节似的。不过清冷的空气显得特别清新，不觉多吸了几口，感觉清凉沁入脾肺，眼睛倒是清明了不少。

"回去加件衣服吧。"

"不了。"我当时大气地摆摆手，虽然全身冰透，"我韩尽欢哪那么柔弱，吃顿饭都要加那么多衣服。"

没错，就是这句话了。

我将手上的工艺图表搞定，按下打印键，然后长叹了一口气。真是饭可以乱吃，话不可以乱说，那天之后我在病床上足足躺了两天，我的奖金啊，就这样哗哗地流走。

苏倒好水回来又经过我的位置，"小韩，明天周末去哪里玩啊?"她只是随便说说便走过了,余我一个人兀自苦恼。

又是周末了吗?我的手插进发髻,居然会害怕休息。

周末还是来了。我花了一个上午和半个下午的时间打扫房间,能擦的地方全都擦了,不能擦的也去抹了几下。

还是闲了下来。

我坐在地板上对着明亮的房间发呆,当初怎么不租个大点的呢,就可以多擦些地方了。

满室的寂静开始向我逼过来,我急急爬起身,找小冕玩去。

转了两趟车才到了 Z 大,浙江的最高学府,有很气派的大门。或许以前有些酸葡萄心理,我是从来不来的。

"嗯,我在你学校门口……嗯,好的……我在这儿等你。"挂上电话,伸了伸身体,打量来往的人。

好像和我读大学的时候没什么变化,一个个朝气逼人的。经常有女生挽着男友的胳膊走过,旁若无人地幸福

着。

发呆间，一只大掌在我面前晃了晃。

"小冕。"

我开心地转身准备抱抱他，伸出的手却凝在了半空，"吓，你在干吗？"

短背心，全身汗，头发也是湿湿的。

我看了看旁边光秃的枝丫，然后看看自己大红的棉袄，最后看看他的短背心，搞错季节的人好像不是我。

"在打比赛。"他抓住我的手，拉着我就直奔室内球场，非常急的样子，到了球场，把我按到一个位置坐下，还没歇口气就又上去了。

小冕……会打篮球……

断球，运球，急停跳起，过人，上篮……汗，看他流畅纯熟的动作就知道，不仅仅是会打，而且是很会打。

向来是标榜自己关心小冕的，可是居然连他会打篮球都不知道，我坐在球场边有些郁闷。

可是没过多久，我就被小冕的身手吸引，忘掉了郁闷。

天呢，这小子，不仅仅是技术好那么简单的，几个快攻打得很有创意，是打控球后卫的，突破联防的时候也非常地镇定自若。

而且……小冕在球场上的样子，很不一样。平时是稍有些阴沉的，到了球场却一扫而空，全身都是与他年龄相符的太阳气息。

啧啧作叹间，一瓶矿泉水霎地出现在我面前。

讶异地抬头，三张笑盈盈的脸倒映在我的瞳孔里。一个有胡子，一个有点儿白，一个戴眼镜，很普通的长相，用古龙的说法是适合作奸犯科，也对，又不是小说，这年头哪来那么多帅哥。

他们自动自发地坐在我的旁边："你一定就是韩尽欢了。"

我笑着接过矿泉水，点了点头，脑子在飞快运转，他

们知道我的名字，应该和小冕有关，是同学？应该关系还要近些……

"你们三个干吗？"

呀？原来终场了呀，小冕忽然出现在面前，皱着眉头双手抱胸地看着他们。

"没有没有。我们啥都没干。"看来小冕蛮有威严的样子，三个人的脑袋都摇得非常有节奏感。

"他们有没有胡说什么？"小冕看向我，眉头已经舒开了，但是隐约还有些紧张。

胡说？他们都还没机会说什么，怎么胡说？

我也摇摇头。

小冕松了口气似的，拍拍我右边眼镜的那个男生的肩膀把他赶到旁的位置，自己坐在我的身边。

"这三个，"他点了点还是不敢说话的三枚脑袋，"我寝室里的三头猪。"

我随着他的手指一圈扫了过来，被他点到的一个个都露出牙齿傻傻地笑着看我，展现他们身为猪可爱的一面。

"自己介绍吧。"小冕往后一靠，君临天下地宣布他们可以开口了。

"我是萧乙。"小冕身边的戴眼镜男生先伸出了手。

握一握。

"我是李秉强，叫我阿丙好了。"长得颇白净的男生随后伸过手来。

也握上一握。怎么有种国家元首接待来宾的感觉。

不过他们寝室人的名字也好好玩哦，我先胡子一步地向他伸出手："你名字里是不是有甲啊?"那他们寝室就甲乙丙丁全齐了。

胡子浓密的胡子下的唇角下弯了一个弧度："我叫王瑜。勉强有点关系。"

"什么勉强啊，"阿丙掌重重地拍上王瑜的后背，"甲鱼甲鱼，不甲怎么鱼啊。"

"没错，而且姓王就够了，还排行老八，想不甲都不行了。"小乙也插嘴。

我干笑，原来 Z 大的男生也比较八婆，小冕是不是算异类了。

想到这儿，反射地回头看了眼小冕，却不意碰上他凝视我的眼，里面有光在跳，比方才打篮球的时候更为浓烈灿烂的。心一惊，飞快地低下了头。

避开他眼神的那一刻我开始后悔，这样做更显得我心里有鬼了。韩尽欢，没用的家伙，被弟弟看都会脸红。

大学的时候，看那些或高或矮的男生捧着各类东西或者提着水壶或者什么都不拿，一副望妻石的姿态，就让人感叹婚前的美好待遇，男生在女生寝室下站岗实在算是条亮丽的风景线了。

可是当我也成了这样一条风景线的时候，我咋就不觉得亮丽呢？

死小冕，坏小孩儿。

都是他啦，好端端地打什么篮球，出了身汗，要出去走走还要先冲澡，还要我在楼下等。气死了，一会儿非要掐死他。

我郁闷得用指甲在叶片上刻痕，丝毫不理会来往的人的眼光，径自摧残男生宿舍前可怜的不知名植物。

浓绿的汁液沾染上我的指甲，像刚刚剥过橘子的样子。

"好玩吗？"

"好玩。"

"玩得开心吗？"

"开心。"

掐得兴起，几句回话根本是毫无意识的。

"哦，那你继续。"

好，我继续。

等下，好像有人和我说话的样子。

终于领悟到身后有人，一个急转身，鼻尖擦过一个结实的胸膛，若有若无的肥皂香味钻入鼻中，引出颊绯红。

"搞什么，吓人啊，站在后面不说话。"我抬起头凶凶地吓道。是谁说的，一般比较大大咧咧的女生只会用凶和傻笑来掩饰所有的情绪波动，其实她们的内心比外表细致的女生更为敏感。

小冕洗过的头发半干，顺便地垂下，遮了光洁的额头，看上去孩子气得不行。他似乎已经习惯了我凶凶的表情，"我说过话了，还不只一句。"

唔，好玩吗？玩得开心吗？哦，那你继续……好像是不只一句……

"啊！"

"小冕，你刘海儿披下来看上去好可爱哦，年纪小小的样子。"心虚地转移话题。

"去苏堤?"看来他并不准备和我在这儿就无营养的话题讨论下去，边把刘海儿拨开边随口提议。

"好啊。"

小冕行事干脆是为我所欣赏的，有人可以帮你拿主

25 路

"过去，真的不会回来了。"

丁冕像是看出我在想什么，修长的手指探过来，然后紧紧握住我的手。

我抬眼给他一个甜甜的笑。

就让过去的都过去吧！我的幸福，就在我的身边。

二十五路双层巴士上，有风从窗口灌进，很舒服，我惬意地眯上眼，慢慢地，拿下了右手的猫眼戒指。

意，又会征求你的意见，看，这个弟弟被我教导得多好。时下太多的男生就是过于婆妈，经常搞得两个人在街头讨论一晚去哪儿都打不定主意。

"走吧。"兴许是带烂烂过马路太过习惯了，小冕很顺手地牵起我。他的掌心，很柔软。

已经是夕阳西下，无温度的血阳却依然刺目，迎着走只觉得目眩。

我们的背景是男生宿舍三楼某寝室探出的三颗猪头。

"小冕……小冕……玩得开心……玩得晚点哦……太晚了就不用回来了哦……"

Z大离西湖近得要命，几步就到的。

余秋雨说西湖是抽离了朝代的。我同意，可是它抽离不了季节，扑面而来的寒风怎样也不会让你忘了正处在一个寒冬。

不知道是审美观的变化还是日久生情。来杭州读书前无论来过几次西湖都觉得只不过是一个破水塘，就那么几

根杨柳几条破船的，有什么美的。

大一时刚来两个月，西湖就走了好几圈，还是不觉得它有什么神奇的，居然让那么多的人为之迷醉。

直到某天，从宝石山上看见西湖的全景，如烟如梦的，才明白了原来"此湖本该天上有"这句被人用俗了的话到底是什么意思。

其实迷恋大抵如此，一见便爱的，心里先有了个底线，如何都会控制自己不要执迷，反而是平日不注意的，所以便毫无防备，任其一步步地蚕食，直到某天发现满心满眼都是的时候，已经到了无可挽回的地步了。

"当年来杭州下第一场雨的时候，我和烂烂马上打的就来这儿了。"我指了指某个方向。

小冕挑眉询问地看了我一眼，表示他并不明白我和烂烂抽的是哪门子风。

"因为从来没看过山色空蒙雨亦奇啊。"所以一看见下雨马上就跑来了，还拎了两袋永和热豆浆，走在飘雨里，细细品着热的豆浆，冰凉的雨拂在脸上，而暖暖的豆浆流入心，相异的感觉同时体会，是非常奇妙的，所以我直到现在还记忆犹新。

"这里这里，这里也有回忆哦。"路过一条石凳，我跳了上去，在上面跳啊跳。头顶上香樟树浓密的叶似乎也体会了我此刻全然放松的心情，亦在风中婆娑起舞。

小冕受不了地笑笑，拍了拍凳上的灰，然后拉我坐下："有什么回忆？"

那是早春四月，迎着熹微晨光，沿修长的湖堤漫步，但觉轻风徐来，十里垂柳飘忽。在轻烟薄雾中，灼灼红桃含露开放，宛若喷霞，景色着实娇媚迷人，而当春雨霏霏，透过袅娜柳丝眺望西湖，但见薄霭弥漫，渐远渐淡，景色更是奇幻诱人，被人称为"六桥烟柳"。苏堤连接了南山和北山，给西湖增添了一道妩媚的风景线。且花木一年四季姹紫嫣红，五彩缤纷。如诗若画的迷人风光。

不过，当年的回忆，并不绮丽，也不浪漫，还很痛

苦。

话说当天，一群花样年华的少男少女，居然在西湖边不知道怎么走散了。

"呸！不是吧。屁大点儿地方还玩失踪。"玻璃火大。

"手机联系啦。"真晕，四肢发达头脑简单一般就是这样的人，我有些无力，坐在了石凳上，就是现在这条。

"他们发过来了啦。"烂烂举起手机屏幕给我看。

"six wolves listen bird?"这都什么乱七八糟的短信啊。

"没文化。"这下轮到我被鄙视地挤到了一边去，玻璃用极其鄙夷的眼光看了我一眼，点了点烂烂的手机屏幕，"这不柳浪闻莺吗？真不知道你英语都怎么学的。"

晕。感情 six 是六（柳），wolf 是狼（浪），listen bird 是闻莺？中式英语啊中式英语，我果然需要好好学习，天天向上了。

"你不是说有痛苦吗?"小冕不解。

"从苏堤跑到柳浪闻莺去个来回还不够痛苦吗?"半个西湖啊,天啊。我瞪大眼睛为他的不解不解了。

"呵呵。"小冕笑了,澄澈的目光从我身上移到碧清的湖中,相互交映着,"继续啊。"

一愣,又是继续?

这一刻才蓦然发现一直都是我在说。没错,就是这样了,所以我才会根本不了解小冕在想些什么做些什么爱些什么。

"小冕……"我也该关心他的,不是吗?

"怎么?"他云淡风轻地笑着转回头,听我的下文。

我嗫嚅:"你……最喜欢什么?"这样问太怪了,好像我以前从来没有关心过他似的,不喜欢这种感觉。

"怎么问起这个?"他嘴角的笑并没有减少,眼里的笑意却抽离了。

"想知道啊,你说不说啊!"我戳着他的肩膀,这小鬼，真是的，就是要人来硬的。

"最喜欢啊……"他的眼神有些恍惚了，像在追忆什么，慢慢仰起头看已然昏沉的天，半晌，垂下头看了眼自己交叉的手，毅然地撇过头，看着我的眼睛已经亮过黑夜，"你啊。"

吓，我手足无措。"啊……你……什么……"

他的眼睛黯淡了下去，嘴角的笑意反而浓了起来，"最喜欢听你说话啦，想哪里去了。"

松一口气。紧张情绪一去除，被人耍的怒气就席卷而来，"死小孩儿，耍我！"气不过地去掐他。

他笑着闪避，最后闪不过才抓住我的双手，"不玩了，尽欢，你有没发现你很喜欢回忆？"

谁不喜欢？恨不得从此醉在以往的快乐里不醒来。我眼色一暗，只是现在却要小心翼翼地避开某些回忆。

"可是过去的总会过去的。"他无比认真地，在寒风中伸出手掌，"欢乐痛苦都让它过去好不好？你以后的快乐，我来负责。"

　　我看着他眼里的光芒，有种错觉，要是拒绝他会遭受天打雷劈似的，我浅笑着将手放到他的掌上："好啊。"只要我还有快乐。

第七章

工作的时间过得更快，仿佛是一眨眼，半年就过去了。半年似乎经历了很多，又似乎什么都没有做过。

回家过年的时候给老妈买了个皮包，给老爸买了条领带。在"银泰"买的，牌子我不认识，向来搞不清楚牌子的，只知道有价钱在。父母之恩不是钱可以回报的，但是有厚实的钱垫在里面对自己而言，总会觉得安心一点儿。

回家那天已经是年三十了，在饭店吃过年夜饭。

现代人越来越会享受，便连年夜饭都不再愿意自己打理。

然后就是看春节联欢晚会。

传统节目了，不知道维系了多少年一直都没变，只是我不再爱放烟花，而春节联欢晚会也越来越像粗制滥造的盗版书。

一切似乎只是为了等候那零点的钟声，响起的前几分钟老爸就去阳台架好鞭炮，在钟声敲响的那刻，劈里啪啦地凑热闹。

又老了一岁。摇摇头，帮老妈收拾好散了一桌的零食，睡觉去了。

春节过得很是惬意，母亲大人终于在我二十四岁这年明白假期里无论如何我也是不会在八点前起床的，从此放手任我睡去。我也很配合地睡个天昏地暗，直到有天，被老妈拉起来让我去定蛋糕，我才发现，情人节，居然那么快就又到了。

好像很多年没在家过过生日了。

我的坐骑在高考过后的某天，就像完成历史使命般神秘地不翼而飞，只好骑着老妈那辆小小的低低的脚都伸不直的自行车。

小镇并没有什么好蛋糕店，"亚都"、"元祖"之类的，是看不见的，有个"麦子香"还好，但也只是听说罢了。

我骑着自行车，随便找了家蛋糕店订下蛋糕，慢悠悠地在马路中间爬行。

街道依然无大改观，和烂烂出国前一模一样，我缩着脖子穿过并不熙攘的人群，没多少精神的。拜托，你试试看一大早被人挖出被窝，若是精神得像爱抽筋的小燕子，那才是不正常。

左顾右盼间，看见街道旁一小铺上挂着的成片围巾，浓烈的颜色格外刺目，我闭上了眼。

我没有再上街，老爸去拿的蛋糕。

晚饭吃得很是轻松，只是家里几人，互相碰了碰杯，说几句祝福，然后就是老妈收拾碗筷。

我一个人跑上了顶楼。冬日的顶楼格外寒冷，迎面来的仿佛不是风，而是直接贴在脸上的冰块。

小镇并没多少高楼，我家又处旧城，四周看去，都是明清的屋瓦，钩月在这样的天空里，分外孤寂。

我躺在水泥地面上，眼里盈满天空的星辰，眼角有东西涌出，然后被风吹干，然后又涌出。

良久，我听见有上楼的脚步声，飞快地擦了擦脸，依然躺着没起身。

来人走到我身边，蹲下。

我的那片天空被一张不再青涩的俊颜填满。

"生日快乐。"他微启薄唇，吐出问候。

我扯了扯唇角，给他一个笑容，"谢谢。"而后拍拍身边的地，"要不要一起看星星？"

俊颜移开，眼前又是绚烂的天空，耳边有轻轻的呼吸

声。

"杭州再也看不见这样的天空了。"我轻声地说。能看见一两颗星星就不错，如果西湖的月色可以配上这样的星空，那才是人间绝色。只可惜，世事总无完美。

"嗯。"他低低地应了声。

又是我说话吗？

"我小的时候曾经看过一本书，书上说，每个人都有一颗守护星，从出生的时候开始，一直在守护你。"

他没有说话，但是我知道他在认真地听。

"我一直在想，我的守护星，会是哪颗？"我继续自言自语般，在清冷的风中，在绚烂星光上，如梦幻般呓语，难怪古人会说逢魔时刻，夜色确实会让人自制力减弱。

"如果给你选，你会选择哪颗？"他终于开口，一道和这无边黑暗十分相衬的低沉嗓音，透着纯洁清亮的音质响在耳边。

可以选吗？守护星也可以选吗？

脑子里旋绕着这样的问句，手却已经自有主张地指向天际，直对那三颗连在一起的明亮的星星，"猎户座，如果可以，我选猎户座。"

"为什么？"

"因为在最寒冷的季节里，一抬头就可以看见。就算不会为我做什么，但只要一想到它是我的守护星，就会觉得心暖了。"我的左手轻轻旋了旋右手戴着的戒指，"他们还说人死后都会变成星星，你相信吗？小冕。"

他没有答话，细细地呼吸。

我看星星，为什么星星的光也会那么刺眼呢，眼睛痛得厉害，想分泌液体缓和。

"我……"

"我……"

沉默之后居然一起开口，同时轻笑出声。

"你先说吧。"小冕清澈的声音像羽毛般掠过耳际。

"小冕，我以后大概没有能力爱人了。"很轻很轻的语气，却像用尽我所有气力。其实不是没有，而是不敢再爱了。原本暗恋就是一件苦事，现在才知道，原来爱着人的逝去，是更痛的事，胸口被人活生生挖去一块的感觉，以后不想再经历了。

等了半天都没听见他的应答，转过头便遇上他澄净的眼。

他在碰上我的目光的那一刻像被烧着一样立刻别开眼去。

"怎么了？对了，你刚才想说什么？"

他坐起了身："我忘了，对了，有个东西给你听。"他从衣袋中掏出 MP3，将两只耳塞塞到我的耳朵里，一个超大的声音就在我耳朵边炸开。

"猪欢！开不开心？意不意外？没错，是老娘我啦！巴黎这个地方不好，真的不好，什么都没有，万恶的资本主义啊！

　　"偷偷告诉你哦，老娘最近学了省钱的新方法，就是节约布料啦！没错，从布料上抠下钱来，哈哈哈，老娘真是天才。可是居然有不要命的人问老娘是不是被人包养了！气死啦！

　　"不说这个啦，老娘不在你身边，要好好保重哦，有什么苦活重活就都让小冕去做，老娘这个弟弟反正随你怎么使唤了。

　　"好啦。说得累死了。最后和你说一句哦：生日快乐，一定要快乐哦！"

　　听完了。

　　我愣了一会儿，第一句话就是："不可能！"

　　"什么不可能？"

　　"绝对不可能！以烂烂的个性绝对不会想到寄 MP3 回来……"

　　"你不知道现在有个东西叫互联网吗？"这回不只是笑容了，纯净无杂的声音里也满是嘲笑。

这家伙……

不知道该如何反驳的我在沉闷了半天之后终于吐了一句："目无尊长是要浸猪笼的。"

他深深地看我，一字一句地迸出："文盲，浸猪笼的是通奸。"

啊啊啊，我抓狂地坐起来掐他，全身被抽尽的精神好像又回来了，狠狠掐了几把心理平衡后才想起自己方才似乎说了些乱七八糟像悲剧女主角的话。

"小鬼，方才那些话不许乱传！"我抓着他的衣领，装着恶狠狠的样子对他说，"你就算传了我也不会承认的，知道不？"

他抓下我的手，浅浅的笑漾开："知道了。"

下楼的时候老妈削了个苹果递过来，然后递给我手机："小欢，你的手机响过。"

"谢谢妈妈……"我大口地咬苹果，含糊地说，"谁打来的？"

"当时你小表妹在，她听见响抓起来玩就接了，我听了一下，好像是歌。什么时候回杭州？"

"后天吧。"歌？我按下通话键查看来电，是电信的号码，呃，莫非是有人给我点歌？

会是谁呢？

没有了寒暑假，这年过得也实在太快了。

回到公司就看见办公桌上堆着的一大堆文件，叹气，就算我再热爱工作，看了这能与珠穆朗玛峰媲美的文件堆，也会有想哭的冲动吧。

哭声凭空地在办公室腾起。

不是吧？

声音实在配得太是时候了，我都开始怀疑地摸自己的眼眶了，干的呀，那就不是我发出的声音了……

寻着声音看去。

呀？办公室里怎么有个八九岁的小男孩儿？

椅子慢慢往坐在旁座的同事移去："嗨，嗨，那是谁啊？"旁座恰好是办公室"八卦中转中心"，几乎没有她不知道的。

她伏低身子，也压低声音："你不认识啊？苏的小孩儿啊。"

什么？苏的？只知道她有个小孩儿，不知道居然有那么大，奇迹……她看上去那么年轻。我满腹狐疑地又向那个小孩儿看去，正好看见苏在替他擦眼泪，蛮难看见苏这么温柔的样子的……看来确实是她的小孩儿了，我点了点头，移回自己的座位，奋战。

十一点四十五分开始进入午饭时间。

我是很鄙视日本公司的，严谨要求八小时工作制度，少一分钟都不可以，总怕谁占了它便宜似的。

平时苏都是和我一起吃饭，今天她带小孩儿来，我开始踌躇是不是该自己去吃饭了，犹豫了半天，终于抬起腿准备自己去吃饭。

"小韩，等我一下。"苏的一句话却让我乖乖回到了自己的位置等她。对苏的感情有些复杂，她是领导，根据一般的职场书上说，和女领导的关系一定不可以太近，否则会很危险。我是个看书很杂的人，所以怎么也忘不了这些先人的经验。可是另一方面，我又为她的个人魅力所吸引。

以前在电视里看见女强人觉得都是同一面目的，铁腕作风，可是到了现实中认识了苏才知道，原来电视里的都有些平板，苏进退适宜，每次跟她出去开会，看她在会上笑战群雄都会佩服不已。

吃饭的时候，苏的孩子很乖地坐在旁边，根本不像早上那个会哭闹的小子。

"苏姐……你孩子啊?"该死，想咬舌，我这问的什么话啊，赶紧问别的，"几岁了?"

苏对我的第一个怪问题一笑置之，低下头和小男生说话："小开，告诉阿姨，几岁了?"

"九岁。"男童的声音果然特别清亮，难怪维也纳男童合唱团的歌声一直被称为天籁。

"小开没上学吗？"

"还在放假呢。"苏说。

对哦，幸福的孩子们。"为什么不在家里玩呀？"

"哈。"苏忽然笑了，拍拍小开的头，"自己告诉阿姨。"

原本乖乖的小开忽然一脸愤愤："我不要在家里玩了，希拉里太凶了，我们碰到就要打架的。"

"希拉里？"小开的交际圈未免广得可怕了吧！

"我朋友的孩子的洋名，最近住在我家，也是小开的同桌。"

"妈妈。"小开有些抽泣了，"我真的不想回家了，也不想上学了，我和希拉里一见面就打架，在家里就是上面打，在学校上面也打，下面也打。"

"噗。"

我一口汤没含住喷了出来。

"什么……叫下面也打?"容易让人误会的说法。

"就是在课桌下面用脚踢来踢去。"苏显然已经听过很多次这个词语了。

"妈妈我可不可以去妇联告她?"

天呢,现在的小孩子九岁就知道妇联了!

"不可以,还有,下回不要乱学你爸爸说话。"苏有些尴尬。

"我没有学爸爸说话啊,爸爸说妇联告不了妈妈的,要到动物协会才可以。"

佩服。我拼命忍住笑,韩尽欢,不要笑,不许笑,笑了以后日子就不好过了。

苏想制止小开的话根本就来不及了,她无奈地叹了口气,扫了我一眼:"你想笑就笑吧。"哈哈哈,原来苏还有这么一面啊,以后该写本书,《一半是女人,一半是老虎》,不知道会不会受欢迎。

"苏姐……"终于笑够了,我的声音开始有些迟疑,下一句话还拿不定该不该问。

她只看了眼我的表情就了然了:"奇怪我结婚早吗?"她垂下眼睑,摸了摸小开的头,"女人能挑的时间有多少?结婚是勇气和运气。"

"你……不像是这样想的人哦。"奇怪,按书里写的女强人该是看破红尘,努力工作,最后有个男人中的男人来征服的。

"呵呵,我以前也没想过自己会那么早结婚。"苏脸上满是温柔的笑意,"而且,有些事你不试过,你不会知道什么对你最好。是的,那么早就有小开,确实对我事业有影响,可是我并不后悔。我们不能因为惧怕未来而拒绝幸福的到来。"

好像很深奥,我似懂非懂地哦了声,埋头吃饭。

二〇〇三年的上半年,有三件事让人印象深刻。

有一件，是在差不多结束的时候我才知道的，美伊战争。没办法，我对世界大事的嗅觉向来封闭得紧。

第二件是哥哥的离去，我一直以为那只是愚人节的玩笑。

还有一件，就不论我多封闭都无法抵抗它的来势汹汹了。

没错，非典。

最初是听老妈说的关于醋和板蓝根被抢购一空。当时是嗤之以鼻的，以为又是无聊小市民的杞人忧天。

可是到后来的满街口罩茫茫，想当做没看见，都不可能了。

九九级的学生一定是最可怜的一批，因为最悠闲快乐的日子偏偏碰上了非典，旅游聚餐都被禁止，我同情他们。

西湖几十年第一次冷清，公共汽车第一次空空地驶过市井，饭馆的厨师第一次孤寂地自己炒菜自己吃。

　　我也有了许多第一次：第一次花了十元横渡西湖；第一次让公共汽车成了我的专车；第一次，可以买到便宜五元的喷喷香的酱香排骨。

　　真的是喷喷香哦！我深深地吸了口气，隔着塑料袋都闻得好清晰。

　　我满足地提着一盒饭一盒酱香排骨晃晃悠悠地走回住处，路上都没看见几个人，也是，我住的朝晖七区是高危区，哪有什么闲人敢来逛的。

　　"我爱的人，我爱的不是人……"走调的歌声在看见自己门前有个熟悉的人影在用一种很不赞同的眼光看着我的同时卡住。

　　他就站在那儿，墨黑的眸子从我的脸上移到我的手上，眉心拧成一个好看的结，然后不给我任何开口机会表示一下我对他出现在这儿的讶异之情，带着火气的话就铺天盖地砸了下来："这种时候你居然还在外面买饭吃？"

　　不会烧当然在外面买啦，难道让我饿死不成？这种没营养的问题我拒绝回答。

"你到底有没有脑子啊?"继续砸我。

哗,这下不反驳也不行了。我指指脑袋:"敢问尊驾怎么称呼这个东西?"

"猪头。"他不假思索就下了个定义,同时走近一步,一把夺过我的酱香排骨,以一种很潇洒的手法扔进了垃圾管道。

我可爱的酱香排骨啊……我还没来得及见面就命丧九泉的酱香排骨啊……

"别看了。"他拉回有冲动想下管道为食物殉情的我,闪开身去,让我看他脚后一袋的新鲜蔬菜和一袋随身衣物,"我做饭吧。我刚回了趟家,学校戒严了,在外的人不让回去,我只好投靠你了。"

半个小时后,餐桌具有划时代意义地第一次出现泡面之外的家产食物。

我吸着口水,有想赞美上天的冲动,感谢老天爷,这一桌的佳肴啊，蚝油生菜，家常豆腐，开胃羹，还有借尸还魂的酱香排骨。

"那我就不客气啦……"话没说完，我口里已塞得满满，好吃好吃，好好吃哦。

小冕抓起筷子，却没有搛菜，含笑地看我狼吞虎咽，"好吃吗？"

"唔唔唔。"没空。

"那……我以后天天烧好不好？"

"唔唔唔……唔？"答应完才想清楚他问了什么，急急咽下口中的菜，我停下动作，不对，好像有阴谋。

"看什么？"他果然开始紧张，垂下头去玩弄手里的筷子，脸上也有值得怀疑的红潮。

哈，被我猜中了吧。我得意地举起一只手指在他面前摇了摇，一字一顿，"我、绝、对、不、洗、碗。"

"啊？哈哈……"他吃惊地抬头，然后大笑，很豪迈的大笑。第一次看他笑得那么欢，我却被笑得莫名其妙。

他笑了很久，累得趴到桌上才小声地嘀咕了声，"猪拉到杭州还是猪。"

我听见了，却不以为意，《不过两三秋》里说得对，"你知道，当一个人被骂惯猪以后，羞耻心会逐渐消失的，而且会和这种动物越来越惺惺相惜。想想看，吃了就睡睡了就吃，那是多么惬意的生活！非大智慧者不能为。至于最后被送到屠宰场，那也是为人民服务啊。"

如果有饭吃又不用洗碗，那当只饱食终日无所事事的小猪又何妨？

从那天傍晚开始，我过上幸福的猪样生活。

特别是周末，总是在饥肠辘辘中睁开睡眼，在满室的香味中清醒。厨房里会传来温馨的锅铲忙碌的敲击声。

我随便套件衣服，蹑手蹑脚地，在厨房门口张望。

小冕利落地炒好木耳，盛起，又在锅里注入水，放入处理好的鱼，他放松的肌肉条理看上去如此心甘情愿而且还包含小小的幸福。

给猪烧饭会幸福吗？我皱着眉考虑了许久，还是觉得此题无解，因为我没给猪烧过饭。

继续轻手轻脚地前进，以手为枪，顶在他的腰侧，"抢劫！"

他侧过了脸，很浓很烈的幸福笑颜，"睡醒了？葱香鱼做好就可以吃了。"

"哎呀！"我懊恼，"不好玩，你都不配合一下。这种时候你应该说，要钱没有，要命有一条。"

"好好好。"他妥协地举起锅铲，"要钱没有，要命有一条。"

我屈起手指狠狠敲了敲他的头。

他又笑："好啦，去客厅等着，马上就可以喂猪了。"

第八章

六月中旬的时候，杭州就解禁了，小冕也回了学校。公司趁非典刚放过了年假，并以超低的价格安排了西双版纳的旅行。

我没有去，因为答应了小冕一起去雁荡山，和不能去西双版纳的遗憾比起来，我发现小冕失望的神色更让我在意。这个发现让我自己也很吃惊。

会选择去雁荡山，是因为小乙的家就在柳市，偌大的房子只住他一个人，父母和四个兄弟姐妹都在新疆做生

意。

阿甲和阿丙都早两天就到了，小冕因为等我，才没和他们一起去。

车子闯进温州地界之后，就看见了很多气势恢弘的教堂，做了生意之后的人似乎真的会迷信，我没做过生意，所以不知道他们是如何走上宗教道路的。我是属于什么都信什么又都不信的人。

"起床啦，快到啦。"我拍拍肩膀上的那颗脑袋，奇怪，这小子居然一点儿都不沉，靠了那么久了我的肩膀都没酸。

"唔……"他不是很情愿地睁开了惺忪的眼，有些不知道自己在什么地方似的看了看四周，眼睛里浮了层迷蒙的水汽，焦距涣散，黝黑的眸在一段时间的胡乱扫视之后终于停在我身上，笑，眼里的雾气一扫而光，散出宝石般璀璨的光。

"猪。"我用食指点了点他的额头，还真能睡。不过方才他醒来慵懒的样子实在是像伸懒腰的小猫，憨得可爱。

"要到了？"他的声音犹停留在不明状态，与以往的透明不同。

"理论上是的。"我也没来过，只是听后坐的人说差不多到了。

"那我还要睡。"他又靠了过来。

我闪，"喂喂喂，就算是免费的也不用使用这么彻底吧，我豆腐都要被你吃光了，还等着卖人呢。"

"呵呵。"他没有再靠过来，用手指了指窗外，"到了。"

可不是，车已经停在了一个破烂的车站前，阿甲和小乙在窗外傻笑地看着我们。

"太恐怖了。"出租车上，阿甲坐在我们旁边一直在摇头，"实在是太恐怖了。"

"什么恐怖啊？"我被他摇得心慌。

"这里啊，真没想到温州居然是这样的地方，太乱了，实在是太乱了。"

"哪乱了?"还好啊，在我看来一切正常的样子。

"街上走的都是流氓!"

有吗? 我仔细注意了一下，没有奇形怪状咬着牙签的，也没有凶神恶煞更没有不穿衣服到处跑的，怎么看都不像流氓的样子。

"到处都是赌博活动!"

哪有，根本没我家乡那边满街麻雀桌来得多。

"简直就是红灯区!"最后一句他简直是吼出来的，明显带着兴奋，手也开始指指点点，"你看，发廊。"

普通理发店而已。

"发廊。"

这家是蛋糕店好不好!

"发廊。"

晕倒，他连派出所也不放过。

"你别理他，他臆想症。热不热?"小冕用手替我挡了挡窗边逼入的炽热骄阳。

"没事的。"我抓下他的手，我还没有那么娇贵，"小乙你怎么不说话?"

坐在前排身为地主的他一直都没有吭声，任阿甲这尾弱龙在那儿叫嚣。

小乙转过头来露出他洁白的牙齿，"我正在考虑要不要把阿甲灭口，到处损坏我温州的形象。"

阿甲瞪大如铜铃的眼，噤声，胡子还犹有不甘地抖动。

"丙丙呢?"不是还有个提早来了的吗?

"在家烧饭。"小乙答。

"他会烧饭?"新好男人哦。

"哦，我们抽签的。"小乙很轻巧地告诉我们原因。言下之意，这顿饭会吃得非常，呃，惊险。

出租车驶出柳市市区，在小路上飞驰了许久，然后到

了个小镇，小镇只有一条路，一直开到了底，最后在一道
田埂前放下了我们。

"你家不是在柳市吗?"我坐得有点儿晕了。

"呵呵，"小乙干笑，"是有点儿偏了。"

有点儿偏? 拜托，这明显是南北半球的区别好不好。
最让人想不到的是，沿着田埂还走了不少路，最后停在了
一座很大的四层楼房前。

我毛骨悚然。

前后都是田地，后方不远是坟山。偌大的空间只有这
么一幢房子。

然后，一群年轻人，夏天，度假。

天呢，这不是香港鬼片吗?

"你家未免也……"

"太有个性了是吧。"小乙边努力和不听话的门锁搏
斗边回答，是得意洋洋的样子，似乎真的正在接受赞美。

个性? 呵呵，是哦，好有个性哦。

我没好气地白他一眼，开始为自己的睡眠担忧了。

门锁在小乙的一番努力下，终于投降。

新人新惊喜！小乙家的内部陈设实在是和他本人太搭配了。

由于家里长期无人，所有的家具上都蒙了白布，实在是无愧于"鬼宅"这个称号。

"怎么住人?"

"楼上，楼上。"

好，暂且相信你楼上这个说法，看看去。

楼上那个房间果然有人气多了，却不是卧室，是客厅。一个大大的电视放在靠墙的正中，门这边摆了两组沙发。地上横七竖八地放着草席枕头和毛毯，最多的东西是花生壳。

一直因为怕被灭口而闭嘴的阿甲终于忍不住地抽泣："阿欢，我们被拐卖了！你们没来那两天我们吃了两天的花生。"

　　"吓，小乙你虐待动物?"罪名明显成立，证据就是那恐怖的堆积如山的花生壳。

　　"哪有，他们自己懒，让他们出去吃嫌太远不肯去。"

　　"确实是太远么……"一堆垃圾中间忽然冒出颗脑袋，闹鬼啊!

　　"丙丙? 你不是该去买菜了吗?"阿甲好惊讶。

　　那颗大脑袋晃了晃，打个呵欠:"买了，可是研究了半天不会烧，这玩意儿比JAVA难。"

　　"我来烧吧。"小冕放下了包，拔刀相助。

　　"好哎好哎!"我欢呼，有的吃什么都好。

　　阿甲鄙夷地看我:"阿欢你是不是女人啊，烧饭都不会。还要小冕出手。"

　　"嘿嘿，我就是不会，你咬我啊。"我高仰下巴。拜托，现代社会是男人掌厨的社会! 女人不下厨房天经地义，男人不会烧饭天诛地灭。哼，不和天诛地灭的人说话。我很拽地转身下楼，看小冕烧饭去也。

早该想到的……

小乙家那么有个性，厨房也不会差到哪里去。什么都没有也就算了。丙丙还算聪明，配料都买齐全了，可是可是，如果，最重要的东西没有怎么办？

揭开锅盖后，小冕竖举起锅子，透过锅底的大洞对我微笑。

晚餐是去镇上吃的，回来的时候已经很晚。坐了那么长时间的车又走了那么多的路，累死了，明天还要去爬雁荡山，本该好好地休息，可是，又出现了新状况。

"怎么睡？"

房间是够多，可是只有一台风扇。地是够宽，可是只有一床草席。小乙家……实在是特殊得让人难忘。

最后拖了拖地，大家挤挤得了。我睡在沙发旁，身边是小冕，然后再过去是三头小猪。关了灯之后就听他们在吱吱乱叫。

"不要挤我！"

"旁边去点儿!"

"谁摸我!"

热闹,很热闹,非常热闹。可想而知,到都睡着已经是什么时候的事情了。

老天呢,这样的夜晚过去第二天还要爬起实在是非常可怕的事情。

六点的时候手机、闹钟齐鸣。先有人赖床,然后有人磨蹭,磨蹭完了有人要上卫生间,最后阿甲还吟诗一首:"四面垃圾三面厂,一城春色半成鸡;不到乐清非好汉,不到红灯区真遗憾!"等到上了去乐清的车的时候,已经是八点了。

到了乐清还得再转车。丙丙和小乙直呼被骗,原来同是温州去雁荡山也这么麻烦。

去雁荡山大概是一个多小时的车程。一上车我的上眼皮就可以强烈地要求和下眼皮约会了。

小冕好笑地看着我犯困的样子:"想睡觉?"

"唔……"我已经神志不清了。

他伸出右掌，平贴着我的左额，按到他的左肩上，"睡吧。"

小冕的肩膀结实，当枕头实在是上佳，几乎是一沾上，我就沉沉睡去。是被叫醒的，匆匆地跳下车。在一个加油站前小乙熟门熟路地包了辆小巴。

小巴绕幽静的山麓愈行愈高。心底的兴奋也愈提愈高，有想高歌的冲动。

从车窗望出去是满目苍翠，雁荡山似乎是直接从国画中走出来的。

先去的是灵峰。"雄鹰敛翅"、"相思女"、"夫妻峰"、"犀牛望月"，雁荡山最出名的就是移步换景了，同一座峰，不同的角度看去是不同的风采，让人感叹不已。

不过阿甲的评论是："花那么多钱看了半天还是同一座山，这不是欺骗消费者嘛。"然后就是中国国内落差最大，落差达一百九十七米的大龙湫瀑布了。

　　小乙带着我们走到瀑布底下，指着贴山壁的一块在水下的岩石，告诉我们他小的时候从这里可以走过去，只到他的膝盖。

　　瀑布下的石头很滑，空气里湿气很大，小乙眼镜上很快就蒙了层水雾。

　　在那里玩了段时间我们回到了潭前，坐在潭边看瀑布，休息，晾干刚才被瀑布溅湿的衣服。

　　细眯着眼体会这一刻的惬意，其实我旅游并不喜欢什么景点都看一眼，看不看得到什么名胜与我来说并无区别，我只喜欢感受那份心情，快乐的心情，就像现在一样。

　　"这里就只有瀑布看吗？"

　　"好像是的。"

　　"那多不好玩。"

　　背后有两个女孩儿在对话。我玩心大起地转过身："美女美女，那边瀑布底下可以走过去的哦！"

“真的吗？”圆脸的女孩儿眼睛发光。

“呶，他走过。”我指指小乙。

“好像很危险的样子，还是不要去了。”长发的女孩儿担忧地拉了拉她。

“没关系。”圆脸女孩儿拉起她的手，问我们，“那让他陪我走一圈可以吗？”

“哦哦……去哦去哦……”我们朝着小乙起哄。

小乙万般无奈（其实是心里暗喜）地站起了身，和美女们又一次去了瀑布底。

“真的没事吗？”长发女孩儿还是很担心。

我们拉她坐下一起观赏冒险记。

小乙和圆脸女孩儿是手拉手下水的，开始的时候水确实很浅，然后越来越深，岩石的落差越来越大，慢慢地没了他们的腰际。

开始小乙都是小心翼翼地深一脚浅一脚，后来实在是难走，他放开了女孩儿的手，直接跳入了水中，扑通，水

没到了他的胸。

长发女孩儿捧心："天呢，他都是这样冲动的吗？"

"不要担心不要担心，"阿甲安慰她，"他一天就抽三次筋，今天已经第三次了，不会再抽了。"圆脸女孩儿终于发现了她找了个不可靠的人，不肯再跟着他往前了。

我们用手圈着嘴对他大叫："小乙，小乙，游过来！"

小乙点了点头，狗刨儿，然后蛙泳，然后仰泳，最后自由泳。

时间到了正午，潭边围了一圈游人。

我们微笑着向他们解释："那个人是这里负责表演的。"

"想不想下去玩？"小冕转过头对我笑，幽暗的山谷忽然万里晴空的。

是想下去，可是总觉得自己这样的年龄，似乎已经不该是放纵不管人眼光的岁数。

想？不想？想？不想？

我犹在挣扎。

小冕已经先跳下了水，然后随便一扯就拉了我下去。

"啊！"我尖叫，死小鬼，玩阴的，我火大地用水泼他。

他轻笑着偏过头，也用水泼我。

水来水去。水来水去。

天呢，我的手机。猛然想起身上有电子产品。算了算了，西门子手机是防水的，就当测试下是不是真防水了。

继续水来水去。

我们清脆的笑声相互夹杂着，从山谷里一直冲上云霄。

最后都玩累了，躺回潭边晾干自己。

小冕清澈的声音在我耳边呓语："想玩的时候，并不需要在意别人的眼光。"

心里一动，有潺潺的心水流出。是为了不让我犹豫才拉我下水的吧，小冕居然成长到可以轻易看穿别人的心思

了。

眼睛慢慢合上，嘴角的笑花却开放得愈加艳丽，我的快乐，又找到了新的寄主。

当我们要离开的时候，才发现潭边立了块大牌，正被棵树挡了，上书四个大字："禁止下水"。

第九章

"好奇怪哦，都大白天了德胜立交桥上的灯还亮着哎。"同事站在窗前。

我好奇地跑过去看，转过愤愤："有没有搞错，杭州电力紧张，居然搞这种花头。"

同事叹气："又没办法让它灭掉。"

"怎么没办法？我要打12345。"刚好趁机打打一直都很好奇的市长电话。

"尽欢，你太夸张了吧。"同事们都笑了。

　　"有什么夸张的？这是尽欢有公德意识，所以当主任的是她不是你们。"苏抬头说了一句，立马这里的黎明静悄悄。

　　我低下头，忍笑，不想让自己的得意太溢于言表。是不该骄傲的，可有时候遇到夸奖的时候难免总会暗自开心。

　　今天早上刚接到公司下来的文件，宣布提升我为主任。并不是传统意义上的主任，日资公司主任的意思是承认你有独当一面的资格。

　　"小冕，我晚上请你们寝室吃饭。"快乐是要与人分享的。打完公德电话后我拨通了小冕的手机。

　　"嗯，好的，我现在上课，下课打给你。"

　　挂上电话吐了吐舌头，怎么忘了学生上课不可以乱接电话，果然是离开学校太久了。

　　"我没醉、我没醉、我没醉、请你不要非礼我……"车来车往的午夜街头，我手舞足蹈地唱着自己改编的酒后的心事，还是喝多了。并不是不清醒的，头脑还清楚地意识到自己在做什么，就是不想去制止，走起路来轻飘飘地，感觉好像踩在软软的云上，好舒服。

"尽欢！"小冕从身后紧紧地抱住我，抱住我乱挥舞的双手，对其他几个说，"你们先回去吧，我送她回家。"

"阿欢你没事吧？"阿甲他们关切地问了声。

"我没醉、我没醉、我没醉、请你不要同情我……"

"呃，我们走吧，小冕应该可以搞定的。"他们都走了。

"乖，别闹。"小冕用哄小孩子的口气和我说话，用一只手从我胸前环过抱住我，空出一只手拦出租车。

"我没闹！"我五官皱在一起表示抗议，我哪有闹？

"嗯嗯嗯，你没闹，乖。"他终于拦了辆出租车，把我塞了进去，然后自己也跟进，坐在我的旁边。

方才在清冷的街头还有些清醒的，进了密闭的空间，头越来越昏，眼皮越来越沉，酒劲上来得厉害。

"钥匙给我。"小冕平摊开手掌。

我胡乱地掏出钥匙放到他的掌心。

"好啦，你可以睡了。"他将我的头放在他肩上。

明明是很想睡的，可是真的闭上眼又睡不着，头脑还是乱得要命，眼睛再也睁不开，偏偏就是没办法看见周公。

是该挣扎着醒来的，可是在小冕怀抱里的感觉太过温暖太过舒服，我放纵自己享受。

到门口的时候他也没有放下我，难度很高地开了门，熟门熟路地放我到卧室。

床冰冰凉的，没有在他怀里舒服。可是总算是到家了。身上压上了他给我盖的被子，睡觉睡觉，这回好好睡觉了。

可是没有脚步声，没有离开的脚步声，小冕在干吗？想偷偷睁开眼看，却怕被他抓获，装睡被他发现也是蛮尴尬的。

静默。

有两只手指捏住我的下巴，扳向他的方向。

心一下提了起来。

有热热的气呼在我的脸上，很近，甚至可以感觉到湿气。

他……他想干吗？

我听见他低低的一声叹息，随后没间隔的，又热又软的东西贴上我的嘴唇。

蓦地一惊，整个人几乎要跳起来，可是时机，时机！早知道方才就该醒的。

显然他并不满足单纯贴着的动作，柔柔地辗转吸吮。

两颊越来越热，心头仿佛万只蚂蚁爬行。紧张焦虑和不想承认的快感，我快疯掉了，他怎么还不结束。

终于他在一下重重地啃咬后停止了动作，人却没有离开，我感觉到投在脸上的炽热视线。

良久。

我听到了脚步声。

咯哒。

一声清脆的关门声。

我应声霍然坐起，双目圆睁，手抚上依然发烫的唇，方才，到底发生了什么。

没人可以回答我，窗户没有拉上，满室的清净月华里，一个人兀自地混乱，更让我害怕的是，我听见自己的心跳，一声响过一声，响彻整个卧房。

早上起来的时候，全身都软软的，有些酸。随便活动活动了胳膊，起床起床。

打开卧室的门听见厨房里丁丁当当的声音。贼？怎么会去偷厨房，该是笨贼吧……

随手捞起扫把无声无息地摸过去。

"早。"笨贼挥了挥手里的锅铲，冲着我灿烂地笑，"马上就可以吃了，你等下。"

呃，太久了，都忘了去年非典的时候他住这儿经常会有这样的声音。松了口气，脑海里忽然浮现昨晚的一幕，脸开始燥热。

"你……昨天没回去?"找个话题，这样就不瞎想了。

"回了，今天过来的，看你睡得像只小猪就没叫你，"他转过身去忙，补了句，"你钥匙在我这儿。"

我倚着门框看他做饭。

他在煤气灶前有条不紊地忙着，放油，打蛋。

小冕的一头黑发柔柔顺顺的，肩膀宽而结实，背脊挺直……

天呢，我在看什么啊。

猛然意识到自己目光在他身上流连了那么久，我局促地转身，闭了闭眼。我不对劲，很不对劲。

"吃饭了。"小冕很轻松地托着电饭煲和荷包蛋走过我身边。

空气里弥漫着荷包蛋和白粥的气味，香气逼人。

"啊，忘了拿筷子。"他恍然地拍了下额头，又跑回

了厨房。

我是挪到桌子旁的，走得很慢，昨天的那一幕翻涌在脑际，看见小冕就觉得怪怪的了，忽然不知道该如何和他相处，粉饰太平地回想以前的相处方式，但愿不会太显生硬。

"给。"

什么给？我从自己的思绪中返回，才看见小冕拿着筷子站在我身旁，正伸出手递过来，脸上的笑容说明他今天心情很好。

"唔，谢谢。"我道声谢去接，低着头的，不敢去看他，我怕双颊的绯红会被他看穿。手触到了筷子，亦触到他修长的手指，温热柔软的触觉，如昨夜的……

一惊，手一抖，一个不稳，筷子落到了地上。慢动作般的，可我就是抢救不及，只能眼睁睁地看它落下，呼吸和动作就此凝固，我的焦距锁着筷子，脑子一片空白。

多久，有一个世纪吗？可是为什么又觉得很快。

我听见一个声音，平静地，清晰地，一字一句。

"昨天，你醒着，对不对？"

"没有没有，我睡着了。"我摇着头。

"你醒着。"这回已不再有对不对，而是清醒无比的判断句。

"我睡了。"我小小声地，毫无说服力。

"你醒着。"话语直接刺入心里。

"我睡了我睡了我睡了！"我开始无赖。

"你醒着。"他抓住我的肩膀，逼我和他对视。

我啪地打开他的手，破罐子破摔："好吧好吧，我醒着，那又怎么样，又代表不了什么。"

"你知道代表什么。"他平静无波地阐述。

我不知道我不知道我不知道我什么也不知道。

"你明白的。"他加重了语气。

我不明白！我不明白他为什么要破坏我们和谐的关系。

忍无可忍，我揪住了他的领子，咬牙切齿，警告这个小鬼该到此为止了："我明白的，你们小男生总会对这些事情好奇！而我！恰好是女生！仅此而已！"

"不是。"

"什么不是！就是！"不识相的小鬼。

"尽欢你知道我……"

"我不听我不听……"我捂着耳朵叫嚷着打断他的话，不想听下去，直觉听下去，我们的关系便会不同，会很混乱，我不要！

"你要听！"他强势地拉下我的手，缓慢的字字句句，"韩尽欢，你知道我喜欢你。"

闪电，暴雨，什么都有。

我只听见自己急促的心跳声。

"你现在头脑坏掉了。你根本不知道自己在说什么。"我转过身，给他一个背影，也不想让自己再看见他眼里的狂热与坚持。

196

"我知道。"他绕到我的面前，双手再次握住我的肩，声音平和，仿佛是从遥远的地方传来的，"我很清楚自己在做什么，要什么。"

"我是你姐姐！"我叫了出来，开始挣扎想摆脱他禁锢我的手。

"你不是。"小冕没有暴跳如雷，没有大吼大叫，可是我感觉到了他平稳声音下隐藏的狂暴怒意，"我什么时候叫过你姐姐？你哪只眼睛看见我是你弟？"

那比勃然怒气高涨万分的静态怒焰，烧得我心慌。

"我看着你长大的好不好！"

"是，在你也同样穿着开裆裤到处跑的时候。"他可以压抑的音调，终于隐藏不住当中的怒气，"十六岁那年你问我做梦梦到谁，现在你应该知道是谁了！"

我完全惊呆了。十六岁……多么久远的年代。

"你见过哪个弟弟会对姐姐产生想法？"他的声音带了苦涩，"哪个弟弟会天天想姐姐想得不成眠？哪个弟弟

会希望姐姐的眼里只有他一个人？"

"停……停……小冕我不想听……"不想听啊……我真的，不想再听了。

"不想听？"他苦笑，一径地说，"那我说最后一句，你见过哪个弟弟会对姐姐做这个？"

哪个？我头脑转不过弯。

他那原本只是扣住我肩头的双手立刻下滑，拥抱似的将我锁入怀中。

看着他在我鼻尖前的绝俊脸庞，我根本无法思考。

他嘴角扭曲成一个自嘲的笑容，一言不发地把住我的后颈，猝不及防地将自己的唇压在我因讶异而微微开启的唇瓣。

与昨晚轻柔的吮吸不同，他强硬地逼迫我适应他的一切，呼吸气味和感情。

感情？

我蓦地从呆滞中恢复过来，使劲地敲打着他的肩头，又气又羞地想救自己脱离这颜面尽失的窘境。

他不理会我的挣扎，纹丝不动地抱着我，纠缠我的舌。

呼吸被吞入那散发着浓烈男人气息的唇间，肺里的空气被抽光一般。

近乎窒息的恐惧感，我不住地挣扎，他如狂风般地席卷我的唇舌却愈见激烈。

头脑因缺氧开始昏沉，腰肢酥麻，抵抗越来越无力。

不知道什么时候，愕然发现自己无意识地开始回应他的吻。

难以原谅本来是极力反抗的自己，竟在不知不觉间陷入这道激情的狂流中，终于一鼓作气，举高双手，将他推离。

脚有些软，几乎站不住，迅速地退离几步。

在呼吸紊乱的同时，尽量平静地再一次对他重申："你是我弟弟。"

"如果可以选择我怎么愿意放弃可以在你独自离家的最初陪伴你身边的机会，我比你更懊悔这过去的三年啊！我不是你弟弟！"

"你是我弟弟……"

"借口！"他终于吼了出来。

"不是借口。"我的头皮发麻，火热的心跳让我恐慌，我需要自我保护，"还有，我喜欢的人是意须。"

"于意须，又是因为于意须！"他冷笑着，"他已经走了好不好！"

"这和走不走没有关系！"我像个刺猬竖起全身的刺，"对我而言，你只是个小孩子。"

"我比他更爱你啊！为什么你总是看不见我？"撕心裂肺的声音，"小孩子？为什么你总要这样说我！晚到的三年已经让我很后悔，如果可以像以前一样都守在你的身旁，我不会让其他人有机会接近你，然后让你伤心！于意须只是个懦夫！病痛算什么，就算是死神已经站在我身

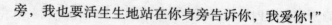

旁，我也要活生生地站在你身旁告诉你，我爱你!"

"不许你说意须坏话!"我的眼睛啊，为什么会朦胧，为什么会有泪。

"哈哈……"他抚额大笑，笑出泪来，"我算是看清楚了，借口，统统都是借口! 韩尽欢，你是个胆小鬼。于意须也只不过是你的借口，你只不过是不敢再爱罢了!"

我深吸口气，指着门口："你已经疯了。我不想听你再说任何话。你走!"

他悲痛莫名地看着我，受伤的表情。

心被什么刺了一下，我闭上眼，不想自己心软，手继续指着门。

僵持。

最后他叹气："韩尽欢，我不要再爱你了。"

钥匙扔落在桌上的声音。

接着我听见了门打开然后狠狠关上的声音。

那砰的一声似是直接砸在我的心上。

睁开眼，房内已然空空，可方才的一幕却像留下了残像。

全身的气力都被方才的激烈蒸发，我虚脱地跌在沙发上。

是的，他说对了，我只是不敢再爱了……

我瘫坐在沙发上，似乎置身在一个荒原，荒原的天空自动播放这些年的种种，第一次和意须见面，同天生日，打牌，吃火锅，我不肯跟他去吃哈根达斯，我没有给他织围巾，我再也见不到他……然后是小冕，一直都是包容我的，即便我比他大，会领着我逛街，会喂饱我，会把我推到水里，会用水泼我，会和我说"以后你的快乐我来负责"，他不让我伤心不让我哭……

"承认吧，韩尽欢，你已经开始喜欢小冕了。"心里有个声音如是说。

可是我不想再痛一遍，我害怕那种失去所爱的感觉。脑里有另一个声音。

摔了一次就放弃走路是傻子的行为，心里的声音冷笑。

在一个坑里摔两次才是傻子的行为，脑里的声音反诘。

"吵死啦！"我抱头大叫，心里脑里的声音一起消失，房间里昏暗暗的，我这才发现居然呆坐了一整天。

目光不知何时，落在了桌上那只陶瓷手上。

展开的手掌，空白的纹路，若未来就是这茫茫的掌心，那我们能抓住的到底是什么？

我怎么能因为害怕自己受伤害而又去伤害一个我所喜欢的人呢？一次是这样，难道第二次我还是要这样吗？

不行，我要去找小冕。我一把抓起桌上的钥匙，匆匆地打开了门便要急跑，一个意外却让我停住了脚步。

门口。

居然坐着一个人。

听见开门的声音，他茫然地抬起头，清澈的眼里写满懊恼："我可不可以收回我最后说的话。"

"你……一直坐在这儿?"

他立起身，抓着我的手，答非所问："我可不可以不能不爱你?"

手臂传来他的颤抖。他期待地望我，他如此害怕我的拒绝。

"小冕，我喜欢你。"我还是说了，很直接地说，本来就是退缩让我失去了第一次爱恋，我不想再重蹈覆辙。

"什么?"他不敢置信的神情，而下一瞬，狂喜就点燃了他的眼，"真的吗?"

"是的，我喜欢你。"我如此诚实，我举起右手让他看我的猫眼戒指，"可是我现在还会记着意须，所以我给不了你百分之百。"

"没关系没关系。"他将我胡乱地抱入怀中，下巴抵着我的头顶，"即便只是残羹剩饭，只要是你给的，我都甘之如饴。"

有清凉的液体滴在我的头顶，我赶他走他都没有哭，而我说句喜欢，他却哭了。感觉心被人狠狠地拧了一把，他的温柔让我如此心疼，"或许，有天我可以给你百分之百，或许……"

"我可以等，我有一辈子的时间等。"

可是话出口我又后悔，这样的承诺我自己都无法保证一定做到，"可是如果，我一直都忘不了呢？"

"那我就等到一直之后的那天。"他如此坚定。

我悄悄地伸出了自己的手，缓慢而试探地紧紧环住了那顾长的身躯。

阳光如小米，铺洒一地。

穿了件柠檬黄色的毛衣和小冕一起逛街，买衣服哦，又要过年了，新年穿新衣服可是俺家一直的习惯。

小冕似乎有心事，很紧张的样子，握着我的手也沁出了汗。

　　莫非有外遇？嘿嘿，我无聊地想，只是想想啦，小冕才不会这样呢，不过真的不知道他到底有什么心事哦，算了，他不说我就不问了。

　　两个人心不在焉地逛街，终于在走出佐丹奴的时候，他红着脸塞了一个小盒子给我。

　　是什么呀？

　　我看看他，然后打开了盒子，一枚样式精美的碎钻戒指。

　　"嗯，是用我做软件的钱买的，还买不起好的，只能先给你这个了。"他嗫嚅道，"你戴左手好吗？先前给人的，我要不回，可是剩下的都给我，可以吗？"

　　鼻子有些酸，抱住他的腰，将脸深深埋进他的怀里，闷闷地出声："我不会做人家的女朋友……"

　　有两只手指捏住了我的下巴，抬起，对上他真诚清澈明亮的眼，"我会做人家的男朋友啊？你只要信任我就够了，还有，要叫我冕而不是小冕。"说话越来越小声，眼里那仿佛拒绝了他就会遭天打雷劈的光芒倒是越来越亮。

我又将头埋进了他的怀里，小小声地说："以后，我会学着洗碗的。"

三年后六月底的某天，上班上得昏昏欲睡，接到一个杭州区号的电话，居然同时出现了玻璃和何问的声音，精神立马一振，约好下班后在学校附近的"广合缘"小聚。

广合缘的煎香鲈鱼和干炸大虾都是很有口碑的，毕业的最后一段时间几乎每次聚会都选在了那儿。可是工作后虽然想念却没有再去过，远是一个原因，另一个原因是，有些食物，带了感情，只有分享才可以体会它的风味。

下了班就忙不停地赶了过去，进门就先张望，看见玻璃高高地举起只手，何问在旁边研究手里的报纸，脸上的笑容是怎样也控制不住的。

"喂。"我过去一把扯了何问的报纸，忽视我？不行！"什么大事你看得那么认真啊？"

何问叹气："经济不景气，很多人要找第二份工作贴补家用。"

玻璃鄙视地看了他一眼，嗤笑了声："屁大点事，还以为是男人不景气，很多女人要找第二个贴补房用。"

呵呵，这家伙，好像一点儿都没变的样子。

时间还早，菜上得也快，果然有煎香鲈鱼和干炸大虾。

天南地北地瞎聊，饭过半巡才想到有个问题没问："怎么两个人一起来杭州了？"

一直笑着的两人顿了顿，互看了一眼，交换了点什么，似乎在讨论谁来当发言人。最后何问在玻璃一记强硬的目光下接棒："欢姐……我们，刚从北京学德语过来……和你，告别的……"

又是告别吗？

"是去……德国？"我笑着问，失落应该不会太明显吧，虽然不在一个城市，可如果跨越了国界，就会忽然觉得非常地遥远。

"废话,"玻璃弹弹烟灰,笑了出来,"难道学了德语是为了去英国?"

何问在一旁郁闷地表示:"我也不想去的,那里艾滋病最多……"

手机响了。

"嗯……我在广合缘……玻璃和何问在……对……你过来吧……好的。"我合上手机对上他们询问的眼神。

"男朋友?"

"嗯。"

"我们认识?"

"嗯。"

"谁啊?"

"猜!"

……

丁冕很快就出现在"广合缘"门口,玻璃和何问大

跌眼镜："欢姐……拐骗祖国花朵！"

吃完饭后我们换了大把的零钱去乘公交汽车，十路，二十五路，十一路……但凡是以前常乘的，都去回味一遍。

初衷是为了回味的，乘了才发现，路线改得厉害。

当熟悉的车次驶过陌生的站，原本嬉闹的我们都沉默了。不约而同地想到了一句话——"过去，真的不会回来了。"

丁冕像是看出我在想什么，修长的手指探过来，然后紧紧握住我的手。

我抬眼给他一个甜甜的笑。

就让过去的都过去吧！我的幸福，就在我的身边。

二十五路双层巴士上，有风从窗口灌进，很舒服，我惬意地眯上眼，慢慢地，拿下了右手的猫眼戒指。

番 外

过年是个好日子。

好吃的好看的好听的，最关键是有好玩的，起码玩麻将三缺一的情况一般是不会发生的。

"先打北不后悔。"

"碰，哈哈，开门见红。"

"不是吧，就这样让我坐飞机。"

"你当心是上桌慌。"

"没错，好汉不赢头三把。"

韩家的大厅在热火朝天地开桌。

悠扬的和弦响起。

"谁的手机啊？给你们块嫩的，五筒。"

"快点接，太吵了。九条。"

"这么老的都打得出来。小欢的，这孩子又忘了带手机出去了。不用管，响响就自己会停的。"

"哈哈，敲响！给钱给钱。"

手机铃声果然停止了。

洗牌砌牌抓牌，某个时候韩妈妈忽然发现三岁的小心宁手上抓着听的手机有些眼熟。

"天呢，心宁你居然接了小欢的电话。"抢救，现在的小孩子最注重隐私了，大人也蛮难做的，"乖，这个你不能玩的哦。喂？哪位？小欢现在不在啊。"还是帮小欢先招呼一下。话筒里并没有传来回答，韩妈妈只来得及听见一段尾乐，而后戛然而止。

"心宁，这个不是小孩子玩的哦。"抓住机会教育一下，韩妈妈就又回到了牌桌。

心宁一脸问号，以她的年龄是无法领会到无印良品天籁般纯净的声音，也是怎样也不会明白方才手机里另一个沉郁的声音所说的话的含义。

"尽欢，是我。"

你手中的感情线是不肯泄漏的天机。

"不知道还能不能再和你过一个生日？"

那也许是我一生不能去的禁区。

"所以只有预备好这份礼物。"

我到底在不在你掌心还是只在梦境中扎营。

"去年送你一只陶瓷手，你说我技术差，没有生命线感情线。"

在天和地之间寻觅一场未知的感情。

"你知不知道，这不是我可以决定的。"

爱上你是不是天生的宿命。

"谁让我的生命线感情线都跳离了手心。"

深夜里梦里总都是你倩影。

"幻成了一个叫韩尽欢的小笨蛋呢?"

而心痛是你给我的无期徒刑。

"生日快乐。永远尽欢。"

让我看看你玄之又玄的秘密。

看看里面是不是真的有我有你。

摊开你的掌心握紧我的爱情不要如此用力。

这样会握痛握碎我的心也割破你的掌你的心?

"呵……"

最后一声沉郁的笑。

似乎在空气中缓缓流动般地,久久不散。

办公室,下午。

"你看看你的成绩! 就是上职技校都有问题!"一个
老师模样的人恨铁不成钢地火冒三丈。

站在办公桌前的沉默男孩儿,有些固执地抿紧了唇,漠漠的目光投在地上。

老师似乎骂得有些累了，拿着杯子呼呼地喝了口水，然后又意味深长地看他，似在盼望眼前的人觉悟似的，良久还是没得到任何反应，叹了口气，"好了，你回去吧。"

他走在校园的正道上，沉默不为人注意的，过长的刘海儿掩了他明亮的眼。

"回来了？"走进家门母亲就给了他一个笑容，"上去休息下，马上就可以吃饭了。"

他试图扯个笑容出来，还是失败了。

房间内，他伏案疾书。

也许他过于固执不肯变通了，读了这么多年书，他还是没有想通读书到底有何意义，难道书读得好了便会是良才？他宁可将这些时间都用在他对电脑的研究上。

他就这样字字句句地将自己的想法写在日记本上，根本没注意到有人偷偷潜入他的房间。

"哈哈，小弟学女生写日记！"一只手冷不防地抽起

他的日记本。

"还给我！"他飞快地站起来，伸出手。

她笑得欢，摇头："不给！"

"还给我！"他气急败坏地要去抢。

她后退几步，挑衅地笑笑："就不给！朕还没审阅呢！"然后就跑出了他的房间。

他连忙追上。

家中的二楼房间旁是个平台，与围墙是连着的。

她就这样跑上了平台然后跑过窄窄的围墙，在围墙的另一头冲他吐舌头。

她灿烂的笑晃了他的眼，而围墙的高度让他莫名地心寒，脚步在平台尽头停下。该死，他畏高。

"还给我！"他只能试图用凶狠的语气让她就范。

她歪了歪脑袋，开始假意看手中的日记："哎呀，不是我说你啊，小弟你的字还真丑。"

"还给我！"他终于吼出了声。

"想要？"她扬扬眉，"想要就自己来拿。"吃定他恐高。

不知是哪里来的力量，也不知是不是她的话触到他的哪根神经，他居然摇摇晃晃地小心翼翼地踏出了第一步，然后是第二步，左摇右摆地走得让人心惊。

"啊，不要了不要了，还是我拿过来给你。"她只是开玩笑，可不想小弟出什么事。

"我自己拿！"他抬眼。他的眸认真盯着她，就这样一步一步地走近。最后他抓着她的肩膀取走了她手中拿着的日记，"我拿到了！"

"是……是啊。"小弟，不是恐高吗……

"我要的东西，我会自己拿。"他处在变声期的声音沉沉怪怪，却恍如宣誓。他知道自己这个样子很傻，居然在踏上围墙的那一刻才明白原来读书不是目的，读书不是分辨良才的标准，读书只是一个手段，一个，让他拿东西的手段。

"想要就自己来拿。"

他会一直记得这句话，他想要的东西不多，他会一一拿到，包括她，韩尽欢。

那年，丁冕十六岁。

"饕餮80后"第二辑

超级唯美经典中国版《狼的诱惑》
网络点击率超过 1000000！

内容简介：

感情的世界,三个人是不是太挤?

左手是爱她的人,右手是她爱的人,这条路她究竟该牵着谁的手走下去?

那年,烟花特别绚烂。

《哪只眼睛看见我是你弟》
阿白白 著
南海出版公司
2005 年 10 月出版
定价:19.50 元

新派纯情搞笑力作
纯情女生凉凉之纯棉制品
"棉花糖之年"的"80后"实力之作

内容简介：

一个古灵精怪的女孩儿。淘气、任性、恶作剧不断,却善良、单纯,藏着暗恋的秘密……

一个帅得叫女孩子尖叫流口水的男孩儿,霸道、聪明,却在不经意间透出让人会心的体贴细心……

本来毫无瓜葛的两条平行线却在某天突然有了交集……

《面包树下的棉花糖》
凉凉 著
南海出版公司
2005 年 10 月出版
定价:19.50 元

一部风格诡异的经典城市童话

黑得丰盈　疯得绝望

《卖票的疯人院》
许明　著
南海出版公司
2005 年 10 月出版
定价:16.50 元

内容简介:

在老人人生最后的几个月里,他建立了一所特殊的疯人院,那是天堂的隔壁,里边展示着与疯子只有一线之差的天才。就在这样一个地方,一个飘忽、漫不经心的少女,一个无绪、精力旺盛的少年与老人不可避免的相遇,创造了一个迷离的世界。

狂放的故事　虚无的路

流连的年代　无结局的少年电影

《四城》
艾成歌　著
南海出版公司
2005 年 10 月出版
定价:19.50 元

内容简介:

这是一个虚妄狂放的故事。四个人的城市,五个华美少年,惊艳六载,一生牵拌。

这是从无到有的虚无之路。最风流的少年,最美好的女孩儿,最残酷的青春,最求不得的永远。

这是我们流连的时代。岁月之歌,渴望留住所有的美好。

这是早猜到结局的少年电影。友情在左,爱情在右,中间是飞驰而过的时光……

"饕餮80后"第一辑

余秋雨先生高度赞扬的"80后"实力战将
同龄人无与伦比的语言功力
历史与现实交错诞生纯洁疼痛的文字

内容简介：

白瞳生在西北白家淀一所闭塞、封建、脱离了时代的白家大宅，六岁时开始逃离白家大宅，先后邂逅了野孩子秦乐羽、歌声绝美的伊霓裳、英俊且喜欢打架的尹凌末，一系列的情感纠葛，恍如隔世的恋情……

《色》
袁帅 著
南海出版公司
2005 年 1 月出版
定价:16.00 元

拥有明媚，伤感，低沉，固执，内敛于一身
集合诡异，奇幻，神话，古典，传奇于一体

内容简介：

一本经典的奇幻故事集。人间、天界、阴界人物交织的情感，其中有亲情、友情，更有爱情。八个精美故事中的八个女子，她们生活在不同的时代背景下，有着一些相同或相似的性格，感伤的氛围，却令人无限怀念……

《天爱走失》
钱其强 著
南海出版公司
2005 年 1 月出版
定价:16.00 元

一部厚厚黏黏的青春哲学
开创新生代心灵文字的旗帜文学

《她不住在这儿了》
许明　著
南海出版公司
2005 年 1 月出版
定价:16.00 元

内容简介:

初中,何声和麦子在没有说过一句话的单纯中相爱了。一直到大学毕业,两个人也只通过两次信。大学毕业后,何声怀着几近恐惧的心理到上海找麦子,麦子却不在了。于是何声在充满了麦子气息的小屋中,尽情地幻想着现实中的麦子并等待着麦子……

纯情无极限
真正颠覆畸形言论及思想的"中国大学派"

《老老实实上大学》
谢恬　著
南海出版公司
2005 年 1 月出版
定价:14.00 元

内容简介:

"我"糊里糊涂地进入某重点大学,糊里糊涂地和英语同桌湘湘谈起了恋爱,糊里糊涂地开始纯情起来,糊里糊涂地搞了一次"婚外恋",糊里糊涂地和湘湘分了手,糊里糊涂地和湘湘重逢在异想不到的地点……